# El amor es hambre

Este libro se escribió con el apoyo del Sistema Nacional de Creadores de Arte del FONCA

**El amor es hambre**

Primera edición: julio de 2015

ISBN 978-607-313-125-4

# El amor es hambre

**Ana Clavel**

Bajo su aspecto más elemental, el amor se relaciona directamente con la ingestión de alimentos. Se trata de una especie de hambre común a todo ser viviente, dirigida hacia un semejante que no es del todo idéntico y que le ofrece la misteriosa sugestión de lo desconocido.

JEAN ROSTAND

# Primera parte

# I

Una vez fui un ángel y como todo ángel fui también un demonio de pureza. Una pequeña fiera sin contemplaciones: mis garras eran diminutas lo mismo que mis alas pero sabía hincarlas o agitarlas sin medir consecuencias. Sólo yo y la inmediatez de mi deseo.

Como todo bicho empecé desde pequeña. Tuve un nacimiento feliz en el seno de una familia amorosa. Entonces habían pasado de moda las familias grandes. Los hombres ya no tenían la obligación de demostrar su virilidad con el número de hijos ni con la primogenitura de un varón, así que papá se quedó satisfecho cuando mamá me dio a luz. Por su parte, mi madre se sintió fascinada de tener su propia muñeca de carne y hueso a la que vestir con flores y listones, sin tener que descuidar su profesión de bióloga. Desde que tengo memoria, una de las primeras frases que le recuerdo decir a Camila, mi madre, hechizada por mi inocencia, fue:

—Pero mira qué ojos más grandes tiene esta niña…

A lo que Joaquín, mi padre, solía replicar alargando la boca como un lobo embozado:

—Son para *comernos* mejor.

No sé si se daban cuenta entonces o sólo era parte de un juego, pero sellaban mi destino al trastocar así los mundos y los sentidos: ver y comer intercambiaban sus lugares, los ojos y la boca se entremezclaban. Comer con los ojos, alimentarse con la mirada. Ver con los labios, conocer con la boca. Los dos principios voraces que han dirigido mi merodear por los bosques y las ciudades, cargada con mi canasta de deseos y apetitos.

## II

No de manera deliberada, pero mis padres se esmeraron en afianzar esos aprendizajes carnales al prolongar su luna de miel más allá de mi nacimiento y mi primera infancia. Cuando Joaquín no estaba atendiendo su fábrica de envases plásticos o Camila en un congreso, eran frecuentes las escenas de un paraíso terrenal ya fuera en la casa de la Ciudad de México o en la de descanso en Tepoztlán, tal y como debieron de comportarse Eva y Adán al descubrirse subyugados por una voz que no era la de Dios Padre, sino un susurro proveniente de su interior que les abismaba la piel, que murmuraba oleajes y tumbos en sus corazones y entrañas. Qué pronto descubrió aquel Adán, contemplando las redondeces apetecibles de su amada, que su Eva era la verdadera manzana. Qué pronto comprendió Camila que el fruto más suculento estaba en el huerto cerrado del cuerpo de su marido. Tal vez por eso, para andar a sus anchas, aunque en ambas casas había amplios cuartos de servicio, prefirieron siempre la ayuda doméstica estrictamente necesaria. Mucamas, cocineras, choferes, jardineros, eran contratados según un horario riguroso de entrada por salida y sólo en determinados días de la semana. Y en algunas temporadas, argumentando que las labores manuales fortalecían el cuerpo y el espíritu, papá se hacía cargo de podar los árboles frutales y mantener el jardín, lo mismo que mi madre mandaba de vacaciones a la cocinera y se ponía al frente de la espaciosa cocina con mosaicos de talavera, construida a imitación de las de la época colonial, y donde era una delicia para la mirada descubrir en una mesa central la variedad de chiles y pimientos, jitomates, guanábanas, huevos, rábanos, aves, calabazas, zapotes, carambolos, pescados, sandías, aguacates, carnes suculentas, acelgas, varas de canela y ramos de epazote embriagador.

Muchas veces he pensado que la memoria se parece a una pantalla de cine donde se proyecta una película que, según las circunstancias, editamos, ampliamos y corregimos para entender o reafirmar el confuso presente. Entre mis primeros recuerdos está el de verme trepada en un banquito colocado por Camila para que jugara a armar muñecos con las frutas, viandas y verduras. Por supuesto, yo aprovechaba para reventar sus pieles turgentes entre mis manos, para macerar sus carnes impúdicas y probar sus sabores terrenales mientras ella se hacía cargo del menú del día. Así surgieron la señora Codorniz con capulines como aretes y un collar de uvas en el ombligo, o el señor Lenguado con entraña de ciruelas y cola con aros de pepino. Supongo que fue ahí donde comenzó a urdirse mi afición por la comida, o al menos eso es lo que respondí la última vez que me entrevistaron en la televisión para conocer un poco más de lo que los especialistas han llamado mi salvaje y delicado "toque carnal".

Pero muchas veces mamá no terminaba de hacer la comida, asaltada por mi padre. Tanta era la urgencia de sus cuerpos, el hambre y la sed por devorarse, que apenas les daba tiempo de colocarme en el cuarto de juguetes o ponerme una película infantil para dejarme entretenida. Y se amaban en plena sala, en la cocina o el comedor, en las escaleras. Lo atestigüé numerosas veces porque, apenas pude valerme por mí misma, dejé los juguetes y las películas para seguirlos, para situarme en la sombra y comerme con los ojos ese manjar salvaje y dulce de sus cuerpos entrelazados. La entrega voraz de mamá, la fiereza sutil de mi padre. Se encabalgaban con ese poderío del que se sabe esclavo de su goce. Y como se ponían al borde del placer y el dolor, y jadeaban, aullaban, gruñían como las dos bestezuelas que en realidad eran, al principio temí por sus vidas. Si bien se apareaban en un frenesí animal que algo tenía de sublime, terminé por intuir que sus besos eran verdadera hambre, mordidas de éxtasis arrancadas a algo tan oscuro y desconocido como el presagio de la muerte. Lo mismo los que se prodigaban al juntar sus bocas, que al beber Camila en el mástil de papá, o al abrevar Joaquín en esos otros labios ocultos de mi madre. Al final, sus cuerpos rendidos uno sobre otro, recobrándose después del furor, eran en sí mismos los labios de una gran boca que manaba en su reciente sosiego resabios del paraíso. Y yo miraba que esa boca sonreía plena y exhausta.

# III

Hubo un día que marcó el principio del placer, que hincó sus dientecillos dulces y feroces en la piel de la memoria. Ahora que me he decidido a escribir este cuaderno y la pluma se desliza como una confesión inesperada, o la punta de un hilo para aventurarse en el bosque sin perderse del todo, supongo que puedo ser despiadadamente voluntariosa y franca. Máxime que el destinatario de esta enramada de escritura y deseos tal vez no llegue a leerla. Pero puedo írsela leyendo yo, del mismo modo que él me leía de niña. Miro a Rodolfo convaleciente, conectado a tubos en su cama de hospital y lo imagino como un embrión en el vientre de una madre misteriosa, en un estado de latencia semejante a la semilla que duerme y espera para germinar en otro cuerpo. O al menos, es lo que deseo creer.

Decía de un momento que hincó sus dientecillos de placer. Joaquín y Camila celebraban algo, aunque para ellos estar juntos pudiera ser suficiente motivo. Yo era más pequeña todavía que en las ocasiones en que me paraba en mi banquito de la cocina para jugar y acompañar a mamá. El recuerdo es impreciso y tal vez en gran medida inventado, pero ¿qué memoria no es una creación personal? Camila preparaba un pastel, una especie de savarín con almíbar abundante. A mí me había dejado recostada en una gran manta en el suelo, rodeada de almohadones. Hacía calor y me tenía desnuda jugando con mi cuerpo y los sonidos con los que se derramaba en surtidor mi garganta. Terminó de preparar el pastel y decidió descansar a mi lado en lo que llegaba Joaquín. Pero papá se retrasaba, algún asunto en la fábrica lo entretenía. La cercanía de mamá, de su pecho oloroso todavía a leche y miel, me despertó esa ansiedad que desasosiega con el hambre. Me prendí a su blusa y ella entendió el mensaje. Se descubrió el pecho desbordante que había empezado a gotear apenas se supo requerido. Cuando llegó Joaquín, nos encontró a una en brazos de la otra, adormecidas por el sopor y el goce: yo por haber comido, ella por prodigarse. Entonces papá acercó el pastel y un cuenco donde Camila había depositado el resto del jarabe para seguir humedeciendo el postre. Llevó una rebanada recién mojada en el bol a los labios de mi madre y entre bocados y migajas comenzaron a amarse. Un aura de dicha y carnalidad se extendía en torno a ellos y me rozaba a mí también. Gorjeé porque esa alegría exultante se contagiaba por cada poro de la piel. Papá se detuvo de pronto para observar el remolino en que se batían mis manos y mis piernas, y acercó el cuenco de ambrosía. Cruzó una mirada con mi madre que, curiosa y cómplice, lo dejó hacer. Joaquín mojó un dedo en el cuenco, depositó unas gotas en mi boca y después comenzó a derramar el líquido espeso y cristalino sobre mi cuerpo. Luego, entre los dos, procedieron a lamer y a comerme literalmente a besos. Mamá diría después que mis ojos grandes crecían voraces en su éxtasis.

## IV

Nadie tuvo que contarme de Caperucita y el lobo. Advertirme como a la pequeña niña: "Cuidado con los extraños" porque lo supe por cuenta propia. A los nueve años mi vida dio un giro inesperado. Para decirlo sin dilaciones, Joaquín y Camila se accidentaron en una carretera camino a Puerto Escondido. Allá habían ido a reencontrarse pues luego de años de casados por fin la hiel de la rutina había hecho mella en sus vidas. Para que nada los distrajera del sueño de recuperar su paraíso matrimonial, me encargaron con una pareja de amigos, que eran también mis padrinos de bautizo. No es que para mis padres fuera importante la cuestión religiosa, pero como muchos, cedían a los rituales heredados de sus familias casi como un compromiso social.

Después de leídas las disposiciones testamentarias, supe que Rodolfo y Mirna también serían mis tutores. Una noticia en absoluto extraña pues se trataba de los mejores amigos de mis padres, a quienes los abuelos y los tíos veían como una parte más de la familia. Como no tenían hijos, dispusieron que viviera con ellos en su casona de Coyoacán, así que la estancia temporal que se había programado para unas semanas, pasó a ser mi residencia permanente.

Por supuesto extrañaba a mis padres, pero si he de ser sincera, mis tutores se esmeraron por prodigarme atenciones para que el trago fuera menos amargo. Mirna también era bióloga como mi madre, daba clases y trabajaba en el jardín botánico al sur de la ciudad y tenía pasión por las plantas carnívoras. De hecho, en una terraza interior de la casona había creado un hábitat completo con sus preferidas. Aprendí a conocerlas y a cuidarlas: en primer lugar, varias droseras o "rocío de sol", llamadas así por las gotas viscosas que secretan para atraer a sus presas. (Cuando Mirna me presentó su ejemplar de *Drosera rotundifolia*, me dijo que fue la que despertó en Darwin la pasión por las plantas insectívoras, a las que calificó de verdaderos "animales disfrazados", y causa también del tratado que sobre las mismas publicó en 1875, después de quince años de investigaciones.) También tenía diversas byblis o "arco iris" por las puntas iridiscentes de sus pilosidades asesinas; la muy difícil de cultivar *Darlingtonia californica*, mejor conocida como "Lily Cobra", sólo reservada para coleccionistas experimentados, pero fascinante por su apariencia de serpiente cobra a punto del ataque; varios tipos de pinguicula con sus hojas carnosas en roseta, y mi predilecta, la *Dionaea muscipula*, mejor conocida como la "Venus atrapamoscas".

Una vez que me enseñó a cuidarlas, Mirna se podía olvidar de mí mientras les prodigaba los cuidados de humedad y tierra especial como el musgo molido canadiense, adicionado con perlita o agrolita para su crecimiento, pero también porque me podía pasar horas observándolas, mirándolas fingirse inertes y dormidas hasta que un insecto, atraído por las delicias de sus néctares, se posaba entre sus hojas o tallos aterciopelados.

Decía que la Venus era mi consentida, porque algo de un misterio cárdeno se me revelaba entre sus valvas carnosas, la suculenta labia de un sexo secreto que se ofrecía sin recato. El hecho de que en sus bordes hubiera una suerte de púas o pestañas que se entrelazaban cuando la anhelada presa se paseaba en el interior de la vulva rosácea, provocando un espasmo de gula, no hacía sino acentuar el horror y la fascinación que esa boca lúbrica y vegetal me despertaba.

# V

En una ocasión en que estaba absorta por el regalo de catarinas que había atrapado para ellas en el jardín del frente, a la espera de que sus cuerpecitos rojos caminaran hasta los cuencos dentados, percibí un movimiento a mis espaldas. Decidí no hacer caso porque en ese momento una de las catarinas se acercaba peligrosamente a la trampa mortal expectante. La Venus era tan veloz cuando tenía la certeza de que no era sólo aire lo que ondulaba sus vasos espirales, que no podía perderla de vista. Y sucedió en un brevísimo instante: el engullimiento de la catarina y el rostro de Rodolfo a mi lado.

—Artemisa, tú comes con los ojos… —dijo hipnotizado y acercó el borde de su índice a las pestañas de mi ojo izquierdo. Por supuesto, sentí cosquillas y reí. Entonces tocó mis labios. Sentí cosquillas de nuevo pero también placer. Jugué a que su dedo era un insecto alargado y abrí mis pequeñas fauces. Él se dejó atrapar. Con su dedo en la boca procedí a succionar y a digerir a mi presa, como le había visto hacer a la Venus. En respuesta, mi tutor me miró con una dulzura que rayaba en el desvanecimiento, como si le estuviera chupando los jugos y las fuerzas de verdad. Entonces sentí miedo y me aparté. Él se recompuso. Extrajo del bolsillo del pantalón una paleta en forma de corazón y me la extendió.

—Hay que alimentar a los lobos de ojos grandes para que puedan comer cada vez mejor... —sentenció solemne mientras me guiñaba un ojo.

# VI

Muchas cosas se habían modificado en mi cuerpo desde que ya no era tan pequeña, pero mis ojos fueron siempre desmesuradamente grandes. Mis padres se maravillaban de su tamaño y los elogiaban. Papá incluso me cantaba una canción popular que decía:

No hay ojos más lindos
en la tierra mía
que los negros ojos
de una tapatía;
miradas que matan,
ardientes pupilas,
noche cuando duermen,
luz cuando nos miran.

Sin embargo, muy pronto supe que el amor filial, como toda clase de amor, es relativo y ve con buenos ojos a la presa amada, cuando una de mis compañeras del colegio, furiosa porque su novio había preferido casarse conmigo en una kermés del Liceo y no con ella, me espetó furiosa: "¡Ojona!" La sorpresa de que me llamara así debió de agrandármelos todavía más porque Fernando, el novio de siete años de mi compañera, me dijo al oído, temeroso tal vez de verme llorar: "No le hagas caso. Tus ojos son rebonitos". Pero yo no iba a llorar ni por asomo, orgullosa de saber que poseía algo que podía provocar lo mismo la adoración que la furia. Me acerqué a mi compañera y la miré intensa, retadoramente. Ella intentó sostenerme la mirada y entonces enarqué las cejas y agrandé los ojos como si fuera a tragármela entera. Por un instante, la sentí atrapada en mi interior, haciendo intentos por liberarse. Sonreí victoriosa cuando la vi lanzar un grito y salir corriendo de mi vista. Se sentía tan bien tener algo que los demás no poseían, algo tan propio que alimentaba la certeza de estar plantada sobre mis piernas y que me enfrentaba al mundo con fiereza y osadía.

# VII

Recordaba a Rodolfo y a Mirna desde mi primera edad. En las comidas familiares, en los aniversarios, en las navidades, en los fines de semana en que nos visitaban en la casa de descanso de Tepoztlán. Como eran mis padrinos de bautizo, acostumbraban hacerme regalos espléndidos. (La primera colección de cuentos infantiles de Charles Perrault, en una bellísima edición de lujo, con cantos dorados e ilustraciones antiguas, me la obsequiaron ellos, pero se había quedado embodegada con otras pertenencias que no llegaron a la casona de Coyoacán.) Mirna siempre me pareció una mujer elegantísima, me encantaban sus *pashminas* de colores vívidos lo mismo que los rebozos que combinaba con ropa más casual, consiguiendo un efecto como de princesa del medio oriente contemporánea. Claro que yo sólo la veía bonita, pero era Camila la que no se cansaba de elogiarle el estilo innovador. Y era a Mirna a quien mamá consultaba cuando quería causar un efecto especial para una cena con nuevos socios de papá, o la vez que le otorgaron un reconocimiento en la Universidad por un estudio de setas de la Marquesa que tuvo resonancia en cierto ámbito científico internacional. Mirna era elegante pero fría, lejana, ausente: una estatuilla de Lladró hermosa e inaccesible. En todos los años en que permanecí con ella y su marido, que no fueron tantos pues escapé antes de cumplir los dieciséis, nunca les escuché trenzarse en una lucha animal de poderío y amor. Por más que me acercara a su alcoba a medianoche y pegara la oreja cuando Rodolfo se había visto durante la cena más solícito de placeres, jamás escapó de esos muros ni el más leve rumor. Tampoco es que mi tutora fuera malvada: conmigo era cordial y amable, sobre todo cuando fue reciente el duelo por mis padres, pero yo, acostumbrada a la carnalidad de Joaquín y Camila, echaba de menos esa fiebre amorosa que me vestía aunque estuviera desnuda y que ahora extrañaba como un ropón que me guareciera y me calentara, especialmente en las noches frías como la temperatura de mi alma.

Pero el caso de Rodolfo siempre fue diferente. Apenas llegaba a visitarnos a casa de mis padres y me veía mirarlo con una alegría que rayaba en la fascinación —mis ojos grandes debían de decírselo sobradamente—, me alzaba en el aire o me sentaba en sus piernas, rodeándome con sus brazos cubiertos de una pelusilla acogedora. Y cuando no podía hacerlo porque estábamos en un espacio más solemne como una iglesia, o una cena en casa en la que por mi edad yo no debía estar presente, entonces desde la distancia me guiñaba un ojo. Yo podía enloquecer de felicidad, pues percibía que aquello era una caricia alada. Un ojo que así se entrecierra es también una boca que envía un beso y una promesa.

Sólo que al principio, cuando el asunto del accidente de Joaquín y Camila, mi tutor se comportó de modo distinto. Seguía siendo cariñoso pero a la vez distante. Tal vez fue por el duelo de los amigos desaparecidos, tal vez por la responsabilidad de una hija que no estaba planeada en su vida, o tal vez porque la proximidad de la pequeña había hecho crecer la espesura de un bosque que no se sabía que ahí murmuraba, adentro y en derredor.

## VIII

Es que las cosas nunca son tan claras. O lo son, tan sólo, en los claros del bosque, esos lugares idílicos donde la luz penetra en la espesura y aparta la zona visible de la de tinieblas. En el resto hay enramada, densidad, matices… De hecho la luz, lo que alcanzamos a ver, se hace primero en la sombra del ojo.

Poco a poco, conforme los meses avanzaron y mi estancia en la casona de mis tutores se hizo habitual, se sucedieron los encuentros. Rodolfo me leía cuentos y poemas. Jugábamos en la torre. Me dejaba dulces en el camino para que lo siguiera. Aprovechábamos que Mirna iba cada quince días con su equipo de pasantes a la montaña del Ajusco, a Malinalco, a Tepoztlán y recorrían los alrededores para colectar líquenes, musgos, criptógamas y otros especímenes que cultivar en el jardín botánico. En uno de esos recorridos encontró un tipo de aristolochia, vistosa flor pseudocarnívora que logró trasplantar con éxito a un microclima tropical del jardín botánico. Como sus efluvios eran tóxicos no se le ocurrió aclimatar una en la casa, pero un día nos llevó a Rodolfo y a mí al invernadero para que pudiéramos contemplar las sinuosidades de esa corola enorme que se curveaba en un extremo para atrapar insectos que pudieran polinizarla. La trampa se doblaba sobre sí misma, e impedía que las presas pudieran salir sin antes cubrirse de una armadura de polvos sexuales, convertidas en verdaderas guerreras del amor, capaces de fecundar otras flores. Extraños rituales de la naturaleza, que encuentra en la reproducción una de sus más altas formas de goce. A Mirna terminaron por distraerla para que firmara unos formatos de abonos orgánicos y nos dejó solos frente al espécimen de la aristolochia. Rodolfo, comedido, se inclinó para leerme la ficha colocada al pie, donde decía que este tipo de flores se caracterizaba por un gran cáliz que se doblaba sobre sí mismo para atrapar momentáneamente insectos polinizadores. Y añadía un dato curioso a manera de trivia: según Cicerón, la planta aludía a un tal "Aristolochos", a quien, a través de un sueño, le fue revelado el secreto para prepararla como antídoto ante las mordeduras de serpiente —seguramente debido a sus componentes tóxicos.

Al finalizar, Rodolfo colocó un brazo sobre mis hombros y me dijo a media voz: "Sí… ya sé que ahora querrás saber cómo se prepara ese antídoto. Lo buscaremos en la enciclopedia", añadió y me guiñó un ojo con complicidad infinita. Ante cualquiera que nos hubiera visto en aquel momento, hubiéramos pasado por ser un padre y una hija que conviven amorosamente un fin de semana normal. Pero si ese alguien hubiera prestado más atención, se habría dado cuenta de que con la otra mano mi tutor me acariciaba el lóbulo de la oreja en un frotamiento tal que me tenía girando en una espiral de placer, por completo en el interior de mí misma. No veía ya la inmensa flor de nervaduras cárdenas que se hallaba frente a mí, ni percibía el olor de sus mieles oscuras. Mis ojos se cerraron para mirar hacia dentro: había una pendiente, un derramarse irremediable en remolino.

# IX

Cuando la Venus Atrapamoscas se cierra en torno a una presa, recuerda un párpado desplegado que a su vez ha sido atrapado por el sueño. Sus delgadas púas sugieren la delicadeza de las pestañas entrelazadas que uno quisiera acariciar con la yema del dedo. Pero cuidado: pueden ser erizadas como espinas. Luego de capturar a su presa, el párpado de la Venus reposa su sueño de bella durmiente mientras digiere poco a poco a su víctima, fundiéndose con ella en ese intercambio molecular de fluidos y nutrientes que unos llaman alimentarse y otros llanamente amor.

(Pero no resulta tan fácil ceder a la tentación de tocarla. Como todas las carnívoras, despierta temor y respeto por el simple nombre. Algo hay de oscuro y acechante en todo aquello que sugiere la posibilidad de comernos, engullirnos, de hacernos desaparecer. Unas fauces abiertas, así sean levemente lúbricas o feroces, apenas se insinúen sensuales o hambrientas, son una de las formas de amenaza más atávica y elemental. Despiertan códigos e instintos de supervivencia y destrucción por igual. No sólo por el horror a ser devorados. También, habría que reconocerlo aunque sea subrepticiamente, por la fascinación de permitirlo… o desearlo.)

# X

Mirna siempre estaba embebida en su trabajo. Como muchos hombres y mujeres de ciencia, tenía la capacidad para abstraerse y vivir feliz en el mundo de sus investigaciones. La primera vez que recuerdo haberla escuchado hablar de las plantas cuando aún vivía Camila, ambas trataban de convencer a Joaquín de la necesidad de reciclar materiales plásticos para su fábrica y contribuir así a la preservación de los llamados ecosistemas.

Papá se hacía el remolón, supongo porque le gustaba verlas exaltadas. Y es que, entre más vehementes, podían ser más intensas y bellas.

—Pero, Joaquín, hay que equilibrar nuestra relación con la naturaleza... —alegaba mi madre—. Derribamos árboles para construir casas, rebanamos verduras para hacer ensaladas, extraemos esencias vegetales para preparar medicinas y perfumes, desangramos árboles de arce para fabricar miel de maple, y quemamos troncos para hacer fogatas. Nos alimentamos de frutos y hojas. Incluso, las fumamos...

—Sí... De hecho esta mesa de madera donde estamos comiendo —sugirió a su vez

Mirna— sería menos hermosa si no estuviera adornada con un ramo de flores, es decir, con los órganos sexuales de algunas plantas.

Joaquín y Camila, que eran tan sensibles al tema de la carnalidad, cruzaron miradas, sorprendidos por aquel inusual atisbo de sensualidad en mi madrina. Cuánta penumbra propia no se ocultaba bajo la superficie distante e inofensiva de muñequita de Lladró de la que después sería mi tutora.

Pero Mirna tenía una peculiar forma de exaltarse y apasionarse a niveles lúbricos que con el tiempo pude descubrir. Por supuesto, tenía que ver con la biología. Cuando me empezó a hablar de las carnívoras, por ejemplo, me explicó el ciclo de la fotosíntesis en plantas normales, en las que las raíces absorbían del suelo agua y minerales. Por su parte, las hojas tomaban del aire el bióxido de carbono que, gracias a la clorofila y a la luz del sol, transformaban en carbohidratos necesarios para su crecimiento. Pero las carnívoras eran superplantas —y aquí, Mirna me hablaba de ellas con la sonrisa de una madre orgullosa— porque crecían en suelos deficientes de minerales. ¿Qué hicieron entonces? A su alrededor revoloteaban pequeños paquetes de minerales y nutrientes, como píldoras vitamínicas con patas y alas… Entonces todo lo que había que hacer era absorber esos regalos del cielo a través de sus hojas, del mismo modo que las plantas comunes solían hacerlo a través de las raíces.

—Por eso… —decía mi tutora mientras me señalaba en un libro la imagen de una *Sarracenia rubra* que por aquellos días se proponía cultivar— es que las carnívoras son tan extrañas y hermosas. Porque sus hojas y flores tienen que volverse verdaderas trampas seductoras capaces de atraer y devorar a sus presas.

"Mira qué enhiestas y turgentes son estas trompetas encarnadas a punto de explotar. De sus flores emanan mieles con aroma de cerezas oscuras. Y cuando un insecto se siente atraído por ellas y se introduce a través de la sugerente boca de labios lanceolados y luego recorre su larga y erecta garganta hasta el final, ya no hay punto de fuga. Embriagada de placer, la víctima sucumbe al asedio. Adentro, el agua de lluvia ahí acumulada se encargará de ahogarla y las enzimas que secretan ciertas bacterias harán el resto… Es todo un acto de acechanza, entrega y amor".

Aún recuerdo el fulgor de su mirada al acariciar los bordes de la imagen en forma de trompeta cárdena. Y era ardiente esa mirada.

De hecho, ahora que nos turnamos para cuidar a Rodolfo, he vuelto a descubrir atisbos de esa mirada cuando le mostré unas líneas del *Manual de flora fantástica* con el que me topé en la red. Y fue hermoso contemplar cómo florecía en su rostro una sonrisa afilada mientras me escuchaba leer:

### Carnívoras rosadas

Este encantador género de plantas, hijas de la Aurora, se especializan precisamente en jardines. Tal especialidad consiste, para decirlo de una vez, en su costumbre hipócrita de florecer, como quien no quiere la cosa, en los prados familiares, donde la fauna de los nidos prospera con abundancia enternecedora y apetecible: sólo comen carne sonrosada. Su gusto cruel se agrava con este censurable racismo. Tienen hojas transparentes —y rosáceas— que llaman a la caricia sobre todo a los niños muy pequeños. Florecen tarde, generalmente en invierno; y es entonces cuando su condición de lobos vegetales sale a la luz. Si uno acerca la vista al centro de sus flores, tan encendidas como las de Nochebuena —pero eso sí más bellas—, puede alcanzar el tufo lejanísimo de rastro o de matanza, y percibir las gotas de sangre fresca sobre los pistilos, como una baba dulce que juega en estos monstruos el digestivo y sápido papel de la memoria.

EDUARDO LIZALDE

# XI

Lo prohibido tiene dedos, tacto. Por eso nos "tienta". ¿No es tentar, la tentación, una metáfora en sí misma y perfecta? Es que siempre pensamos con el cuerpo. ¿Por dónde si no nos puede entrar el mundo si desde el principio somos bocas que se beben la constelación del pecho materno? Tal vez por eso, para hablar de lo esencial o de lo profundo, nos sentimos tentados a acercar lo inefable con lo físico. Y ahí, siempre al alcance, el vasto territorio de la piel, con una pequeña boca en cada poro para beberse el mundo. Tal vez por eso también lo prohibido te acaricia por dentro para que te atrevas a tocarlo. Te tienta la piel y los sentidos, te hurga ese órgano de los deseos, esa otra piel hambrienta de tacto y de caricias, sedienta por satisfacerse y llenarse. Colmarse.

Decía que muy pronto el bosque creció en torno nuestro y Rodolfo comenzó a ponerme señales en el camino que conducía a la torre. "La torre" era una habitación alta, franqueada por ventanales desde donde podía divisarse el terreno que circundaba la casona, el jardín frontal, la calle poblada de fresnos y las casas vecinas. Era el estudio de mi tutor, la guarida donde se refugiaba a revisar libros, escuchar música y armar maquetas y edificios a escala, una de las pasiones derivadas de su negocio: la muy solvente renta de maquinaria para construcción. Por esos días de mis primeras visitas a la torre, él armaba un modelo de la Casa de la Cascada, un magnífico hábitat cuyo original se situaba en medio de un bosque de Pensilvania, enclavado en una roca sobre una cascada natural, que había sido diseñado por un afamado arquitecto en los años treinta, según me enseñaría mi tutor en uno de los lujosos libros de su biblioteca. Para entonces Rodolfo ya había levantado el conjunto de la construcción con sus galerías y volados, lo mismo que el sistema hidráulico para que el manantial corriera en torno a la arquitectura naturalista, simulando las caídas del agua en torno a los muros de roca y las terrazas diminutas. Sólo le faltaba disponer los árboles y el resto de piedra nativa para darle realidad a la construcción, así como acondicionar los interiores con el mobiliario apropiado. Por eso, cuando recibió el paquete enviado por su proveedor de maquetas, lo abrió frente a mis ojos y comenzó a colocar algunos árboles en miniatura al pie de la escalera, en el descanso, en el corredor. Recuerdo que le gritó a Mirna mientras se inclinaba y me señalaba la dirección a seguir:

—Voy a llevarme a Artemisa a la torre para que me ayude con la Casa de la Cascada. Me acaba de llegar el paquete que estaba esperando… —gritó mientras extraía de la caja una camita y unos sillones y los iba dejando en el descanso del barandal.

Mirna se encontraba leyendo manuscritos de tesis de sus estudiantes en su propio estudio, muy cercano a la terraza de las carnívoras, y contestó con un ligero:

—Claro, diviértanse.

Más que divertido me pareció emocionante ir recogiendo las piezas y seguirlo. Máxime que Rodolfo volvió a guiñarme un ojo con esa manera suya que era también un beso y una promesa.

## XII

Supongo que también para Rodolfo fue un descubrimiento atisbarme entre la espesura. O mirar hacia sí mismo y contemplarse el corazón palpitante en el claro de su propio bosque, circundado por los ojillos al acecho de sus prejuicios y temores. Pero entonces se impuso el sonido sordo del viento sobre el río, entre los árboles, ululando y tomando cada vez más fuerza.

A lo largo de mi existencia después de escapar de la casona de Coyoacán, conocí otros bosques y me topé con lobos de muy distinta índole, pero en muchos de ellos debo reconocer que más bien había corazones de lobeznos. No se me malinterprete. No pretendo exonerarlos de su propia responsabilidad. Sólo que, al mirarlos frente a frente y contemplar sus ojos de instintos salvajes como los de un niño, debo confesar que, al menos frente al surgimiento del deseo, somos todos absolutamente indefensos y puros.

Al principio, Rodolfo se contentaba con llevarme por el camino largo. Y cómo no, si él mismo iba descubriendo el terreno, abriéndose a las posibilidades del juego, situándose ante la magia desbordante de lo desconocido. Y ese choque inenarrable que produce la fascinación ante la inocencia compartida. Esa vez, con la Casa de la Cascada, podía sentir la mirada de Rodolfo sobre mis hombros y mi pelo, a la espera de que me volviera para colocar los sillones de la galería principal y entonces atisbar por uno de los ventanales mis ojos volcados en la tarea de decorar la casita. Bastaba que yo también lo mirara para que una alegría volátil nos acercara y nos recorriese, todavía sin tocarnos siquiera.

Como la vez en que invité a un grupo de amigas del Liceo a la casa porque les había hablado de las carnívoras e insistieron en conocerlas. Consiguieron permisos de sus padres para visitarme un sábado por la mañana. Eran cinco en total y Mirna se comportó como toda una anfitriona-bióloga en regla, impartiendo a mis compañeras una pequeña conferencia sobre su historia, taxonomía, cultivo, distribución, curiosidades a partir de sus nombres y hábitos. Datos que por supuesto yo ya conocía, pero era una delicia escuchárselos de nuevo y verla en acción con sus dotes de maestra experimentada que además luego nos invitó a trasplantar algunas muestras de Drosera y Venus para que mis compañeras pudieran llevárselas a sus casas.

Rodolfo permaneció todo el tiempo acompañándonos desde el umbral de la terraza. Creo que no se acercó más ni se mezcló con nosotras porque así podía contemplar el cuadro completo: los rostros curiosos, los movimientos al borde de la plenitud, las risas y el goce a la primera provocación, la voracidad por saciarnos sin dilaciones. A la distancia del recuerdo, vuelvo a atisbar su rostro sumido en el asombro y a la vez radiante, como si lo hubiéramos convidado con el solo acto de mirar a contagiarse de una inocencia animal que alguna vez experimentó él mismo cuando fue cachorro.

# XIII

Todo marchaba según su ritmo propio. Siempre había sacado buenas notas en el colegio sin necesidad de esforzarme, así que mantuve la costumbre porque además intuía que de ese modo nadie se atrevería a meterse conmigo. Cada mes visitaba a la abuela y asistía religiosamente a las fiestas familiares. Con mis tutores la vida era más sosegada de compromisos, dadas las eventuales reuniones con sus amistades. Fue idea de Mirna que retomara las clases de ballet que se habían interrumpido con el accidente de mis padres, y más tarde la abuela, al enterarse de que seguía manteniendo buenas calificaciones en el Liceo no obstante los percances, decidió premiarme con una membresía en un club hípico del Ajusco. A la academia de baile acudía dos veces por semana y no tenía más que caminar un par de cuadras, pues se encontraba en el mismo barrio de Coyoacán, pero al club hípico había que ir en coche. Casi siempre me llevaba Tobías, el chofer de Rodolfo, pero otras me acompañaba mi tutor.

Creo que siempre he sido muy reservada con mis gustos y pasiones. No recuerdo haberle mencionado a la familia de Camila mi fascinación por los caballos, pero es un hecho que los ojos me delataron. La abuela debió de darse cuenta cuando me llevaron a la exhibición de uno de mis primos que había dejado los alevines y ahora montaba como un pequeño jinete, dominando el *passage* y otros ejercicios de *reprisse*. El caballo y él estaban tan perfectamente compenetrados uno con el otro que parecían un único centauro poderoso y mágico. Por supuesto anhelé sentir entre mis piernas esa docilidad musculosa y palpitante. Y cuando, al final del año escolar, mi abuela me sorprendió con la inscripción en la escuela hípica, salté de gusto pero también me di cuenta de que debía andarme con cuidado, no fuera a ser que ella o los otros se percataran de ese horizonte indefinido de deseos que a menudo me galopaban por dentro y que siempre supe debía mantener lejos de la mirada de los otros.

# XIV

Durante mucho tiempo sólo jugamos. Nos entreteníamos recogiendo flores y bellotas, sin necesidad de llegar al corazón del bosque. Lo ayudaba a construir maquetas, escuchábamos música de Smetana y John Field, cuidábamos de las carnívoras, me leía cuentos y poemas. A veces me recogía de la clase de ballet y posaba su mano sobre mi nuca cuando no me había cambiado el payasito y sólo me enfundaba unos pantalones porque al llegar a casa me esperaba el baño. Le gustaba sentir las ondulaciones de mis vértebras bajo la piel y calculaba la altura que tendría cuando fuera mayor. No lo sabía yo y él no me lo dijo, pero ambos percibíamos que cada vez le pertenecía un poco más.

Cuando iba por mí al club hípico llegaba con anticipación a mi salida. Entonces podía verme montar enfundada en el uniforme reglamentario, con el casco, los *breech* y las botas obligatorias, como una pequeña amazona altiva. He visto fotos de aquella época tomadas por el propio Rodolfo. El cuerpecito fino y espigado surgiendo del lomo del caballo, el rostro ceñido por las correas del casco, los ojazos enormes y felices. Y realmente era así, cuando montaba a Hai-kú o a Júpiter era la más dichosa de las mortales. Hai-kú era un caballo joven zaino especial para la doma natural y Júpiter un careto entrado en años al que le encantaba retozar en el lodo. Ambos eran dóciles y dulces, pero también vigorosos a la hora de practicar. Se ganaban a pulso las zanahorias y los terrones de azúcar al final de cada clase. Algunas veces yo llegaba temprano para asistir a las tareas de limpieza con el caballerango porque era una delicia pasarles el cepillo de agua por las crines y sentir cómo sus lomos se erizaban de placer. Fue en una de esas ocasiones en que percibí a Júpiter nervioso y alterado.

—Es que anda enamorado de Gitana... —me dijo el caballerango Filiberto, quien se había criado desde pequeño entre caballos. Como la cosa más natural me informó:—. Y cómo no, si Gitana anda en su primer celo y le anduvo guiñando con la cola todo el tiempo.

—¿Guiñar con la cola? — pregunté sin pensármelo dos veces.

—Pues sí... ese amor de los caballos es de los buenos —me respondió Filiberto en medio de una risotada.

—¿Y qué va a pasar con ellos ahora? ¿Se van a casar?

—No, no se van a cruzar. Gitana está muy joven y este viejo semental —añadió palmeando los belfos de Júpiter— tendrá que esperar.

No pude montar a Júpiter ese día. El pobre animal se veía tan triste e inquieto como si lo aquejara una dolencia indomable. Más tarde, en el camino a casa, le conté a Rodolfo de la enfermedad repentina del caballo.

—Pobre Júpiter —dijo mi tutor tras un suspiro—. Está enfermo de amor…

Y eso que no le conté nada del guiño aquel del que me había hablado Filiberto y que me había dejado tan intrigada. Meses después lo comprendería con asombro por mí misma al observar que Gitana y otras yeguas de la cabelleriza, cuando estaban en celo, hacían parpadear sus vulvas en una señal lúbrica que ponía fuera de sí a los machos. Un verdadero guiño de ese ojo vertical y secreto que ellas descubrían apartando la cola de agitadas crines para provocar que las montaran. Extrañas maneras que tiene la naturaleza de manifestarse para cumplir sus designios.

## XV

Comenzó a llamarme centaura cuando me vio adelantar a otras chicas de las clases de salto. La verdad es que tenía facilidad y don de mando, también flexibilidad y persistencia. Pero sobre todo, ahora lo veo así, podía pensar con mi cuerpo, fundirme en el aura de irradiación animal como si me sumergiera en una corriente de agua profunda y caudalosa. Un poder que, debo confesar, he perdido con el tiempo, pero que en aquella época me permitió aprovechar las lecciones del instructor en unos pocos meses y quedar en el segundo lugar de mi categoría en el torneo anual de clubes de la ciudad. Al evento asistieron la abuela y mis tutores. Me felicitaron y fuimos a comer al Restaurante del Lago. La verdad es que tanta excitación me había dado hambre. Devoré el filete sangrante que había ordenado y me engullí buena parte de la carne de Mirna, que por lo general era inapetente, y que de buen grado me cedió su plato, diciéndome:

—Come, come, querida, que estás creciendo espléndidamente y necesitas muchas más proteínas.

Cuando brindaron a mi salud, Rodolfo se mostró como un padre orgulloso.

—Por Artemisa, toda una amazona, una verdadera centaura…

Qué lejos estaban ellos de imaginar que ese regusto sangriento y esa hambre por desgarrar el filete tenían un sentido recóndito para mí de plenitud y victoria —y que, al cabo de los años, se convertirían en el sello distintivo de mi cocina.

Mi abuela sonrió complacida. Le daba gusto verme tan amada por mis padrinos. Después de comer la llevamos a su casa. Mirna nos esperó en el auto mientras Rodolfo y yo la acompañábamos a la entrada de su condominio. Al bajar de regreso por el elevador, una mujer con su bebé en carriola ocupaba buena parte del espacio. Rodolfo tuvo que ponerse detrás de mí para dejarla salir cuando llegamos al vestíbulo. Sentí el vigor de su cuerpo que me dominaba con tan sólo poner las manos en mis hombros. Entonces se inclinó a mi oído y dijo unas palabras dulces y filosas. Me dijo llanamente: "*Mi centaura*", y yo percibí que con ese simple posesivo me proclamaba suya y me montaba.

# XVI

La cosa es que cuando estás en medio del bosque no sabes lo que va a pasar. Hay emoción y dicha de por medio. Intrepidez y temeridad para brincar las cercas y salirse del camino. Tú juegas y te balanceas en una ondulación de goce expansivo, un vaivén entre tocar y alejarse, preguntar y callarse, besar y retirarse y volver a besar. Pero nunca imaginas que las cosas se te puedan salir de las manos. Tú no sabes lo que va a pasar porque el deseo es para ti una exploración y un arrojarse al río. El lobo, si es lobo, cree que lo sabe. Pero en realidad tampoco sabe lo que va a pasar.

Ya no era yo tan pequeña como para que me leyeran en la cama pero me dio por pedirle a Rodolfo que lo hiciera. Me seducía escuchar su voz grave, la entonación para dar curso a la historia, las pausas que me situaban a la orilla del precipicio o el ritmo creciente cuando se desencadenaba una escena crucial... Sobre todo me encantaba que me obedeciera, que bastara mirarlo y fijar mis ojos en los suyos para que se plegara a mis deseos porque tenía poder sobre él. En realidad era un estira y afloja, porque cuando subíamos a la torre y elegíamos leer poemas, era yo la encargada de decírselos a él y debía repetirlos hasta que Rodolfo no encontrara ni el más leve asomo de dramatismo o grandilocuencia, sino esa voz sólo mía y personal con la que, según él, debían leerse todos los versos. En general eran historias y versos inofensivos, de esos que se destinan para un público infantil y juvenil con los que nos entreteníamos. Pero un día en que subí sola al estudio, encontré en la mesilla junto al *reposet* donde mi tutor acostumbraba leer para sí, un libro peculiar. Se trataba de una antología de poesía amorosa y en la cubierta se mostraba una imagen delicada y a la vez perturbadora: una mujer desnuda en los brazos de un muchacho que intentaba besarla y al mismo tiempo acariciaba uno de sus senos, dejando entrever el pezón redondo entre sus dedos. Recuerdo que los dos amantes, torcidos en una postura como de remolino, sus bocas a punto del beso, parecían ajenos al teatro del mundo, inmersos en la pasión hipnótica que les raptaba el alma y los sentidos. No pude apartar los ojos de la imagen durante varios segundos. Con la mirada abrevaba de ese río de luz de sus cuerpos imantados de deseo, repasaba el tacto de la mano del joven sobre la redondez indómita de esa fruta prohibida, relamía los labios que compartían un mismo aliento.

Cuando pude reponerme, me asomé entonces al interior del libro. Leí varios poemas y aunque no los entendí del todo, sentí que me precipitaba en una corriente de murmullos que ensordecían la piel y me desataban un hambre desconocida, una urgencia que pedía más y más, pero que, paradójicamente, se colmaba con solo sentirla. Tal era su intensidad.

Estaba tan embebida en mis emociones que no percibí su llegada.

—Ahora entiendo por qué estabas tan calladita... —me dijo Rodolfo tan pronto vio el libro en mi regazo.

Así sorprendida, dirigí entonces la mirada hacia su voz. La tarde había caído y sólo el cono de luz procedente de una lámpara de pedestal marcaba una zona de penumbra alrededor, de tal modo que él me podía ver a mí, pero yo no a él. Quién sabe cuánto tiempo llevaba ahí observándome en mi agitación, en mi descubrimiento, en mi necesidad. Lo busqué en la penumbra con mirada incierta. Entonces me dijo:

—Ay, loba, qué ojos más grandes tienes...

Y se acercó hasta mí para tocarlos y besarlos. Mis ojos, que tanto placer me procuraban apropiándose de lo que tenían a su alcance, ahora eran depositarios de tales caricias. No sabía que el hambre apenas empezaba. Rodolfo se apartó y permaneció inmóvil y expectante. No lo dijo entonces, pero sus labios levemente temblorosos parecían murmurar:

—Cómeme... Por favor, cómeme...

## XVII

Podíamos permanecer horas abrazados —yo sentada en sus piernas, acurrucada en su regazo; él volcado sobre mí como si fuera una montaña protegiéndome y calentándome—. Me encantaba acariciar su pelusa animal en contraste con la firmeza de alguna de sus partes que crecía y se endurecía provocándole a él sofocos y a mí una alegría acalorada que se me agolpaba entre las piernas con una sonrisa turgente y dispuesta. Era como tocar la suavidad y el vigor del unicornio de las leyendas que por entonces también comenzamos a leer, pero bastaba con saberlo y percibirlo palpitando silencioso y enhiesto para doblegarme a su misterio exultante. Pasó tiempo antes de que llegáramos a más. Él se detenía en el camino y yo podía escuchar su corazón latir en el bosque como un galope que crecía para sólo detenerse en el borde del abismo.

Pero un día —Mirna se había ido a una de sus prácticas de fin de semana— dimos los dos con la lectura de un poema de la antología cuya portada me había trastornado antes. Ese día supe por qué la poesía y los libros pueden ser tan letales. En unas cuantas líneas, el poeta nos quitó las palabras y los ropajes; también los reparos y los límites. Era noche cerrada cuando leímos —y obedecimos:

Quiero saber quién eres tú: descúbrete,
sé natural como en el parto,
más allá de la pena y la inocencia
deja caer esa camisa blanca.
Mírame, ven, ¿qué mejor manta
para tu desnudez, que yo, desnudo?

# XVIII

Pero tal vez no fue exactamente así. Era noche cerrada, eso sí sin duda. Tobías, el chofer de Rodolfo, hacía horas que se había despedido llevándose a su mujer, que por entonces cocinaba en la casona. Era cierto que yacíamos recostados en el sofá de la torre como cuando leíamos o veíamos una película. Los cuerpos perfectamente vestidos pero en confianza, cercanos, familiares, nadie hubiera sospechado que no éramos más que un padre y una hija amorosos que comparten tiempo y diversiones juntos. Rodolfo insistía en que me fuera a dormir, ya no eran horas para que una jovencita como yo estuviera despierta, por más que fuera sábado. Y yo a replicarle que leyéramos un poema más. Rodolfo amenazaba con guardar la antología para siempre porque al fin y al cabo no era una lectura apropiada para una niña de mi edad. Pero yo sabía que en realidad se sonrojaba con mis preguntas y se sentía en aprietos cada vez que le pedía una explicación.

(—¿Pero por qué se vienen tanto? ¿Pues a dónde han ido?

—Es para llegar mejor.

...

—¿Por qué la masculinidad es un cetro para lamer con la lengua?

—Es para que crezca mejor.

…

—¿Por qué la culpa es mágica?

—Es para condenarnos mejor.)

Era mi turno para leer un poema, pues ahora nos turnábamos para turbarnos como quien se asoma a la superficie del agua y ante las ondas provocadas, esconde rápidamente la cabeza. ¿No hay acaso una cancioncilla para tantear así?

Jugaremos en el bosque,
    mientras el lobo no está,
porque si el lobo aparece,
    a todos nos comerá…
¿Lobo, estás ahí?

Fue entonces cuando di con el poema de la desnudez. Y ante la mirada perpleja de mi tutor, comencé a desvestirme: *tu ceñidor desciñe*… ¿cuál es el ceñidor? Sólo traigo un cinturón. *Desprende el prendedor de estrellas*… Sólo llevo un ramito de violetas de raso en el pecho. *Fuera ese feliz corpiño*… ¿Por qué traerían antes tanta ropa?

Recuerdo que Rodolfo se había colocado una mano frente a los ojos pero atisbaba entre los dedos cada vez que yo me despojaba de una prenda. Y entonces fingía que temblaba y se aterrorizaba como si hubiera visto a un monstruo o a un demonio. Tal vez no hubiera pasado nada más si después de las risas yo hubiera recogido mis prendas y me hubiera dirigido a mi recámara como habíamos acordado que haría después de leer ese último poema. Pero una terquedad mordiente me obligaba a persistir, a correr con el libro mientras Rodolfo intentaba arrebatármelo. Claro que consiguió quitármelo, pero para entonces el libro había dejado de importarnos.

# XIX

Pero tal vez tampoco fue así. Tal vez mi tutor fue siempre un tutor en regla y me guió a mi recámara y apagó la luz cuando me metí entre las sábanas. Pero no salió de la habitación de inmediato. En la penumbra lo vi sentarse en el silloncito de al lado y mirarme como un lobo al acecho, ahora sujetado por hierros invisibles. Entonces le dije en secreto:

—Rodolfo, qué mirada más larga tienes...

—Es para desearte mejor —le escuché murmurar antes de darme las buenas noches.

# Segunda parte

Habitantes delicados de los bosques
de nosotros mismos.

Jules Supervielle

# XX

Sé que no existe el azar. O que el azar es sólo otro nombre del destino cuando aún no da del todo la cara, cuando nos va poniendo migas de pan en el camino para marcarnos una ruta, o para que nos desviemos hacia nuestra propia espesura. Así pues, en la revista *Domingo* del periódico *El Universal* donde ha salido un reportaje a todo color sobre lo que los especialistas han llamado mi exitoso "toque carnal" (el reportaje se titula: "El arte de desgarrar: Artemisa Rodríguez o el regreso de los carnívoros en un mundo anémico de deseos y pasiones vegetarianas"), no deja de ser una señal espejeante que aparezca también un artículo de una tal Ana Clavel que pongo aquí como testimonio en descargo. (Copiaré el *link* por si me decido a escribirle a la autora y mostrarle este cuaderno boscoso: http://www.domingoeluniversal.mx/columnas/detalle/Caperucita+en+la+cama-2399)

### Caperucita en la cama

En 1697 Charles Perrault adaptó varios cuentos de la tradición oral para entretenimiento de los salones de la época de Luis XIV. Al retomar el caso de *Le Petit Chaperon Rouge* lo hizo sabiendo que se trataba de un tipo de relato que los alemanes llaman "Schrechmärchen", es decir, una historia de miedo para prevenir a las niñas del trato con desconocidos. Por eso descartó elementos sanguinarios del núcleo original como el episodio en que el lobo, ya en el papel de abuelita, invita a la niña a consumir carne y sangre pertenecientes a la anciana mujer a la que acaba de destazar. Aunque en la historia original la niña se las ingenia para engañar al lobo y escapar con sus propios recursos, Perrault introdujo un final aleccionador en el que la protagonista es engullida por la bestia. Fueron los hermanos Grimm en 1812 los que establecieron un final feliz en el que ella y la abuelita son salvadas por un cazador, que es como nos ha llegado en las adaptaciones inofensivas de la historia. Pero hay un lado en sombra que escritores, directores de cine, videoastas y creadores de animé no se han cansado de explorar. Y ese lado mórbido se encuentra en la entraña del cuento original.

Al parecer, hay un contenido latente de sexualidad infantil. En *Psicoanálisis de los cuentos de hadas* (1976), Bruno Bettelheim concibe en el rojo de la caperuza que la abuela le regala a la nieta la representación de la pulsión irrefrenable de la sexualidad. Otros la consideran una marca de la menstruación y la llegada de la pubertad. El sugerente lance de la cama entre Caperucita y el lobo es a todas luces una escena de seducción por partida doble: primero, por el lobo que la invita a la cama para "calentarse"; segundo, por las preguntas aparentemente ingenuas de la niña que, cual Alicia curiosa, interroga sobre el tamaño de los atributos corporales de su predador. Es posible ver en el acto de devorar a Caperucita, y antes a su abuela, una metáfora de la penetración, e incluso, la violación. De hecho, en la versión de Perrault, el lobo no se disfraza de abuelita sino que simplemente se acuesta en la cama. Al llegar Caperucita, le pide que se meta entre las sábanas. Ella se desnuda y se acuesta con él con las consabidas consecuencias.

Más allá de la intención moralizante, el relato de la niña que se adentra en el bosque y atrae la atención del presunto lobo, pone en evidencia la circulación del deseo provocado por una pequeña virgen. A esto se suman su comportamiento equívoco al contravenir las instrucciones maternas de no hablar con extraños, confiarle al lobo toda la información sobre su destino la primera vez que lo encuentra en el bosque, así como el intercambio seductor que, con apariencia de inocencia y curiosidad, sostiene con su predador en la cama. De este modo, nos encontramos ante uno de los antecedentes literarios del fenómeno de Lolita, no sólo por el lado de la voracidad de apetitos que desencadena la pureza de la infancia, sino por la actitud de la niña que juega con fuego y sigue sus propios instintos transgresores y sexuales —o por lo menos, como quiere verla el deseo masculino: como un sujeto provocador y también deseante—. Esta ambigüedad fue percibida por el grabador Gustave Doré en una de las más famosas representaciones de *Caperucita en la cama con el lobo* (1883), donde el rostro de la niña transpira horror y fascinación.

Qué diferencia respecto a la mayoría de cuentos tradicionales cuyas heroínas juveniles buscan preservar su pureza, no obstante las pruebas y tentaciones a que se ven sometidas. Blancanieves, Cenicienta, Rapunzel, son personajes femeninos cuyas desventuras ejemplifican el difícil tránsito de la adolescencia a la madurez virtuosa. Pero ninguna de ellas se vuelve objeto-de-deseo/sujeto-deseante de forma tan declarada como en el ambiguo caso de Caperucita en la cama.

Definitivamente, no existe el azar. No ha sido casualidad que mi reportaje y el artículo aparecieran en la misma revista. He dicho antes que lo anotaría aquí "en descargo". Es que las malas lenguas, o las lenguas voraces de uno u otro bando, suelen engullir al perpetrador o a la víctima, y atribuirles por separado toda la responsabilidad de los hechos: de este lado los lobos y del otro las caperucitas. Pero ir por la espesura es una aventura compleja... aunque mucho más común de lo que la mayoría pudiera imaginarse en nuestros bosques de concreto, anuncios luminosos y pasiones extrañas.

# XXI

De todo paraíso tiene uno que escapar. Imposible permanecer ahí para siempre. Al menos eso fue lo que me sucedió a mí. Un día me levanté y supe que debía hacerlo. Claro que también influyó que conforme crecía, Rodolfo jugaba menos conmigo. Como si la casona ya no tuviera espacio para mí, ni los brazos de mi tutor me guarecieran lo suficiente. Me sentía como una Alicia que hubiera tomado demasiada poción para crecer y el cuerpo inquieto se me hubiera desbordado. Y no es que comiera particularmente bien. A diferencia de mi madre, Mirna era frugal en la cuestión de los alimentos. Un corte de carne y una ensalada de lechuga podían ser el menú invariable de los fines de semana cuando no estaba Rosa, la cocinera. Como había sido mayora en un restaurante del centro de la ciudad, Rosa solía repetir un menú semanal durante meses. Eran ricas sus escalopas de ternera con puré de manzana de los miércoles, pero comerlas semana tras semana podía desanimar a cualquiera. Yo me llevaba bien con ella porque desde que llegué a la casona me ofrecí a ayudarle a picar verduras, pelar papas, desflemar berenjenas, incluso a lavar loza cuando Mirna no andaba en casa. Recuerdo que cuando me contó que había trabajado antes en un restaurante de comida mexicana, no elegante pero sí muy popular, y dijo que ahí había sido la "mayora", yo la interrumpí:

—¿Cómo el mayor de un ejército?

—Haz de cuenta… Mandaba yo a otras tres y nos hacíamos cargo de hasta cinco menús al día más todos los servicios de la carta —me contestó muy orgullosa de que hubiera reconocido su rango.

Rosa era además la mujer de Tobías, el chofer, así que cuando tuvo problemas con la dueña del restaurante, o más bien cuando tuvo demasiados problemas porque la señora enviudó y se hizo cargo de un negocio que no conocía, Rosa aprovechó para venirse a la casona apenas hubo oportunidad. Sorprendida de mi habilidad para moverme en la cocina primero y luego al darse cuenta de mi intuición con los sabores (como la vez que, faltándole perejil para preparar un chimichurri, le sugerí que usara menta y quedó una salsa deliciosa), fue la primera en vaticinar mi don. Ella, que siempre fue una cocinera práctica, me lo dijo así: "Artemisa, tienes el don". Por supuesto no le conté las situaciones específicas por las que el sentido del gusto se me había desarrollado desde muy pequeña, pero sí que a mi madre le gustaba cocinar, que mejoraba recetas tradicionales e inventaba platillos deliciosos, vaya, que en sus manos, hasta unos huevos tibios, si los aderezaba con caviar, se convertían en un manjar de dioses.

—Qué diferencia con tu madrina… ¿Ya te contó que la primera vez que preparó unos huevos fritos los echó al sartén con todo y cascarón? —me dijo refiriéndose a Mirna.

Nos reímos juntas. La anécdota la contaba la propia Mirna para explicar su total desapego de ese tipo de labores y que en cambio el asunto de la ciencia y la investigación se le había dado desde muy pequeña, cuando en su primaria construyeron un formicario. Fue la única de su grupo que mantuvo el registro al día de la vida de las hormigas durante el resto del año escolar. Al final obtuvo dos cuadernos Nevado con dibujos y datos, un premio de la feria anual de su escuela y el formicario que mantuvo dos años más en su casa hasta que pasó a la secundaria y comenzó a apasionarse por la disección de peces, ranas y conejos.

## XXII

Pero Mirna tenía sus partes secretas, ocultas a la mirada de los otros. Poco antes de irme de la casona de Coyoacán, consiguió cultivar las sarracenias que ambicionaba. Yo solía encontrarla absorta en su contemplación porque después de dos periodos de paciente hibernación, algunos de sus ejemplares habían alcanzado los veinte centímetros y eran realmente espectaculares.

En una ocasión en que regresaba antes de tiempo de mi clase de ballet, me sorprendió el silencio reinante en las habitaciones. Era como si todos los muebles y objetos se hubieran volcado hacia un solo centro de atención y me señalaran un camino. Con pasos sigilosos me dejé empujar hacia el vórtice de aquel remolino sólo para descubrir en la terraza de las carnívoras a mi tutora, acariciando con labios y lengua los bordes de una *Sarracenia rubra*. Ella, que era tan recatada en cuestiones del cuerpo, le prodigaba a la trampa de aquella carnívora de forma alargada, semejante a una trompeta o a un falo estilizado, las caricias que de seguro le negaba a Rodolfo, siempre necesitado de placeres.

Permanecí oculta todo el tiempo que Mirna estuvo embebida con la planta. Cuando terminó por fin y la vi alejarse hacia su estudio, me animé a acercarme. Entonces probé de aquel fruto prohibido que se erguía como un surtidor que despuntara hacia el cielo. Y supe y saboreé el secreto que conocían Mirna y las presas que sucumbían al traspasar sus fauces: los bordes de la trampa eran realmente dulces como una extraña y deliciosa miel.

En otra ocasión, vi que mi tutora recibía con especial entusiasmo un ejemplar de su proveedor de libros de ciencia y divulgación. Pensé que se trataba de *Savage Garden*, un libro sobre el cultivo de carnívoras que Mirna había elogiado frente a Rodolfo y a mí como un verdadero tratado de la pasión. Pero me equivocaba, según pude ver después cuando un día lo dejó en la mesa del desayunador con numerosas marcas de lectura. Era un volumen con un título enigmático: *Bestiario de amor*, de Jean Rostand. Desde organismos unicelulares hasta el hombre, su autor daba cuenta de los procesos de reproducción y sus curiosas formas de apareamiento. Paramecios, nereidos, tritones, lagartos, tortugas se ven impulsados a la reproducción por una suerte de desasosiego.

Así me enteré de que el nautilo tiene un brazo copulador que se separa del macho para nadar hasta la hembra, en la que se fija por sus propios medios. Y que una nautilo hembra puede alojar en su cuerpo muchos de esos "penes vagabundos". También de que es el sentido del gusto el que interviene como excitante en ciertos saltamontes. El macho lleva sobre la espalda una glándula especial, cuya secreción es golosamente lamida por la hembra cuando se realiza la unión sexual. Otras veces es el macho quien consume hasta hartarse, durante la cópula, un licor femenino. Por su parte, insectos del género bittacus se aparean comiendo una misma presa. Pero es el macho de la *Mantis religiosa*, todo él, quien excita la voracidad femenina. En la cautividad del laboratorio, donde no hay posibilidad de escape después del apareamiento, esta suerte de canibalismo conyugal llega a ser feroz: una sola hembra es capaz de devorar, sucesivamente, a siete enamorados de los que acaba de hacer uso. Por otra parte, el macho de la Mantis cumple su labor fecundadora a pesar de las más crueles mutilaciones. Incluso decapitado por su esposa y con el cuello medio roído, conserva la postura del amor y eyacula su semen. De hecho, algunos biólogos han llegado a suponer que la decapitación exalta su potencia genésica.

Me encontraba verdaderamente trastornada cuando Mirna me descubrió con el libro abierto. Me miró a los ojos para medir el efecto de la perturbación. Mis ojos de suyo grandes debieron de verse más exaltados porque de inmediato intentó sosegarme. Tomó mi cabeza entre sus manos y me llevó hasta su pecho. Y ahí, comenzó a leerme un fragmento en el que yo no había reparado:

> Bajo su aspecto más elemental, el amor se relaciona directamente con la ingestión de alimentos. En cierto modo, se trata de una especie de hambre común a todo ser viviente, dirigida hacia un semejante que no es del todo idéntico y que le ofrece la misteriosa sugestión de lo desconocido.
>
> Esta atracción entre los seres, esta apetencia del prójimo, puede conducir a una fusión íntima y definitiva de dos sujetos o bien a una comunión pasajera, después de la cual se separarán y llegarán a hacerse cada uno de ellos —y el uno para el otro— un poco distintos a como eran antes.
>
> Ya en la célula ciega —señalaba el filósofo Guyau— se manifiesta el principio de expansión que hace que el individuo "no pueda bastarse a sí mismo".

Mirna me mantuvo un rato más entre sus brazos. Creo que nunca había sido tan cariñosa conmigo. Cuando por fin nos separamos, me preguntó si la explicación de Rostand me había tranquilizado al hacerme comprender mejor.

—Sí, he comprendido —le respondí—. El amor es hambre...

Nunca podré olvidar el rostro de mi tutora: me miraba con sorpresa pero también con fascinación, como si contemplara a la más admirada de sus carnívoras.

# XXIII

El Moldava es un río que atraviesa la ciudad de Praga pero nace en zonas boscosas de aguas salvajes que dieron origen a una galopante sinfonía: la misma que yo escuchaba con Rodolfo cuando jugábamos con la Casa de la Cascada. Escuchar esos acordes voluptuosos que evocan el curso del río, sus sinuosidades, remansos, ímpetus y caídas, tiene el poder de situarme en el centro de mi propio bosque, ahí donde vuelvo a ser una pequeña que descubría los remolinos de la piel y del deseo, ahí donde palpita el corazón de un lobo hambriento que te come y transpira y delira… no afuera sino dentro de tu propio ser.

Fue Max quien me aclaró que la casa estaba en un bosque de Pensilvania, a una hora de su ciudad natal, y no en Checoslovaquia como había creído por la sinfonía del Moldava que escuchábamos Rodolfo y yo, cuando jugábamos "a la casita". Había sido declarada patrimonio americano desde los años sesenta y en la actualidad era un museo y residencia para estudiantes y maestros de arquitectura. De hecho él la conocía muy bien, porque era uno de los paseos que las *high school* y las excursiones turísticas establecían como sitios destacados para visitar.

Max era un hombre retirado que viajaba cada invierno al Caribe en busca de sol y compañía. Cuando lo conocí en Playa del Carmen llevaba yo meses trabajando en la cocina de un restaurante italiano. No sé qué suerte de magnetismo u orfandad me obligaba a relacionarme con hombres y mujeres mayores que a la postre terminaban por albergarme y cuidarme, y la verdad es que siempre tuve suerte en mis elecciones.

Antes, cuando decidí escapar del hogar de mis tutores y, entre aventones y autobuses, llegué sin proponérmelo a ese paraíso de veraneo, pude sobrellevar la vida gracias a una pareja de artesanos y joyeros que ofrecían sus diseños a los turistas y que me enseñaron a fabricar pulseras y collares. Fueron ellos los que primero me brindaron un espacio en la casita que tenían en las afueras del pueblo. Joëlle y Richard eran un par de cincuentones a los que la vida había reunido de muy jóvenes en el mítico San Francisco y que después habían deambulado por varias playas del país hasta asentarse en esa zona del Caribe mexicano. Apenas me vieron descender del autobús con mi mochila al hombro y la mirada curiosa pero a la vez tímida de quien no conoce el terreno que pisa, se percataron de que en realidad andaba perdida. Claro que yo fingía dominar mis pasos y la dirección del camino que tomaba. Y tan fue así que sólo hasta un par de semanas después, ya que nos habíamos encontrado y platicado varias veces en las playas y en los restaurantes y en el andador de comercios y artesanías, se animaron a decirme que dejara el hostal donde me albergaba y donde por cierto estaban a punto de terminarse mis ahorros, y que me fuera a vivir con ellos por lo menos una temporada. Y cómo no iba a irme con ellos si por más que disfrutara de mi nueva libertad, lo cierto es que a los quince años era todavía una mocosa necesitada de cariños y protección por más que me las diera de saber andar sola en el bosque.

Pero con Max, a quien conocería meses más tarde, las cosas fueron diferentes. Fui yo quien lo reconocí a él. Siempre me pasó así con los hombres que siguieron después de Rodolfo. Si tenía ojos tan grandes, para algo debían servirme. Verlos y saber de inmediato. Atisbarlos desde la espesura, confundidos en su condición de hombres comunes, con un ansia de ser protectores y poderosos pero en realidad tan inermes frente a los designios del hambre.

## XXIV

Max solía pasar la temporada de invierno en el Caribe y luego regresar a Filadelfia, donde vivía. Era un agente de seguros retirado, viudo y con dos hijos varones que ya habían hecho su vida por su cuenta. Pero tras nuestro encuentro se decidió a rentar una villa en Playa del Secreto, a quince minutos de Playa del Carmen. Cuando me mudé con él, allá me acompañaron Joëlle y Richard en su Volkswagen Safari destartalado con las pocas pertenencias que había ido acumulando desde mi llegada: algunos trajes de baño, una tabla para surfear, algunos libros y discos. Pero seguí yendo a Playa del Carmen y viéndolos casi a diario, porque en la cocina del restaurante italiano donde trabajaba, había descubierto un lugar para mí en el mundo. Al principio no vieron con muy buenos ojos a Max —a final de cuentas me triplicaba la edad y ellos prácticamente me habían adoptado a mi llegada al sureste, cuando les dije que me había quedado sola en el mundo tras la muerte de mis padres—. Supongo que sonaba convincente. Algo de buena actriz debía tener yo porque no me costaba trabajo asumir un aire contenido, unos ojos que sabían nublarse sin llegar a la tormenta, unos labios que se hinchaban como si estuvieran a punto del desbordamiento. Lo mismo sucedió cuando los convencí de que me había enamorado —aunque, claro, no tuve que exagerar nada, puesto que yo misma lo creía—. Lo que no sabía era que detrás de Max estaba mi anhelo por Rodolfo: mi propia hambre, esa que nos convierte en depredadores de los otros y de uno mismo.

A Max lo descubrí merodeando en la playa. Tenía una particular manera de mirar y detenerse, de acechar y deleitarse con los ojos. Podía pasarse horas contemplando a una pareja de jóvenes que retozara entre las olas sin atreverse a hablarles o acercarse. Pero los miraba larga e insistentemente con ese placer solitario de quien goza o sufre en la lejanía. Para disimular su insistencia usaba unas gafas oscuras y un sombrero de ala ancha que lo volvían anónimo. Hay hombres para los que lo más importante es ensoñar a partir de la mirada. Como si se alimentaran silenciosamente de lo que ven con una fruición y una delectación casi táctiles. Y es que Max besaba sin labios, devoraba sin dientes, acariciaba sin manos. Para su festín particular. Pero si te situabas en su campo de visión y le devolvías la mirada, luego de la sorpresa cuando él también te reconocía, entonces podía empezar el ritual de ida y vuelta. Y sentías que de verdad te besaba, te devoraba, te acariciaba sin ponerte más que el dedo de una mirada encima. Así se lo dije el día que nos presentaron en el restaurante italiano donde yo trabajaba. Era la fiesta de Año Nuevo y Lucca, el propietario de *La Dolce Vita*, nos invitó a los empleados a un brindis con los clientes que habían cenado en el lugar. Los contertulios no sólo brindaron con nosotros con un burbujeante *prosecco*, sino que además nos aplaudieron por la estupenda cena que había incluido como plato fuerte un *stracotto al barolo* y un *zabaglione* de postre. Max iba acompañado de dos jóvenes norteamericanas un poco mayores que yo, pero no me quitaba la vista de encima. Tal vez fuera por el ambiente de fiesta o porque había tomado bastante, pero no se escondió para mirarme con esa manera suya de acariciar y saborearse a la distancia que le había visto en la playa. Sentí que me observaba con deleite, que posaba sus ojos en mis hombros menudos, que tanteaba por encima de mi chaqueta de cocina la forma de mis senos, que hurgaba por debajo del pantalón la hondonada de mi vientre. Y una vez que me hubo tocado toda, se detenía a depositar los labios de su mirada vehemente en los hoyuelos de mis mejillas. Por supuesto me excitó sentir su perturbación y deleite. En medio de la euforia, hubo un momento en que le devolví la mirada con un guiño que, sin proponérmelo, fue también una promesa. Al salir del restaurante, me esperaba afuera. Se había deshecho de sus acompañantes y fumaba un cigarro que arrojó al suelo para acercarse. Iba a decirme algo, pero de pronto se quedó sin palabras. Yo le dije:

—Tú besas con los ojos…
Él contestó:
—Tú también…

## XXV

Pero no visité la Casa de la Cascada con Max. Cuando regresó a Filadelfia me invitó a que me fuera con él, sólo que en ese entonces yo no era mayor de edad y hubiera tenido que conseguir un pasaporte falso y ponerme en riesgo de que me localizaran mis tutores. Preferí esperar. Hubo otros hombres mayores mientras mantuve mi refugio en el Caribe. Un canadiense, un belga, un portugués entre los que más dejaron huella. Y Lucca, que en su papel de propietario y chef de *La Dolce Vita* permaneció a la sombra y sólo se decidió a aproximarse mucho después. Lucca tenía un cuerpo vigoroso a pesar de que era un hombre entrado en años. Solía emitir un gruñido sordo que le brotaba de las entrañas hasta la garganta cuando hacíamos el amor. Como los dos éramos amantes de la cocina no resultó extraño que termináramos amándonos entre las cacerolas y la cuchillería, las viandas y las salsas, una madrugada en que lo ayudaba a concluir un pedido especial para un congreso de inversionistas del sureste. Estaba casado y tenía dos hijas adolescentes a las que adoraba, aunque ellas sólo se mostraran condescendientes cuando necesitaban pedirle algo. Supongo que estaba sediento de cariño filial porque conmigo siempre fue especialmente afectuoso, primero cuando Joël y Richard, que eran sus amigos, me presentaron con él y Lucca aceptó hacerme una prueba para el puesto de ayudante, y terminó enseñándome secretos de la gastronomía mediterránea. Después, en una de nuestras sesiones amatorias, cuando ensayábamos unos ravioles de cochinita pibil que se me ocurrió glasear con un jarabe de limas, y vertió una macedonia sobre mis senos y mi vientre desnudos para devorarla sin usar las manos, porque así jugábamos a veces. La macedonia la había preparado yo, variando la receta tradicional, y él la había encontrado de un toque exquisito. Entonces, en medio de los nanches y los trocitos de pitaya y mientras sorbía de mi pubis el jugo de manzana con licor de cassis y una pizca de cardamomo que había yo adicionado como una nota especial, comenzó a embestirme. Aún descansaba la cabeza sobre mi vientre cuando me aleccionó como un buen padre:

—Artemisa, *piccola* mía... Viaja y estudia la alta *cucina*. Verdaderamente tienes el talento.

## XXVI

Fue Miquel, con quien viviría en San Sebastián, el que me llevó a conocer la Casa de la Cascada. Como un regalo inesperado —estábamos por cumplir nuestro primer año juntos— compró los boletos a Estados Unidos aduciendo que tenía que hacer tratos con un galerista de Filadelfia y me pidió que lo acompañara. Entonces le rogué que aprovecháramos para visitar Bear Run, en cuyas inmediaciones estaba la prodigiosa construcción que de niña había contemplado a manera de maqueta en el estudio de mi tutor. Por toda respuesta, me tomó las manos y dijo como un genio maravilloso: "En tu camino está la Casa de la Cascada. Y allá iremos". Ante mi sorpresa de que supiera de ella, me dijo que me la había escuchado mencionar en sueños, hablar del bosque secreto que se guarecía en ella ("Adentro, adentro, la casa guarda un bosque...").

Para entonces ya era mayor de edad, me había reencontrado con mis padrinos para reclamar mi herencia y había viajado a España para estudiar gastronomía. En parte por las recomendaciones de Lucca, en parte porque Miquel apareció en mi vida. Lo asombroso de

Miquel era su parecido con Rodolfo. La misma altura, color de piel semejante, el mismo cabello ondulado, la misma actitud corporal de un hombre que podía guarecerte. Por supuesto que había diferencias, pero de golpe, cuando lo vi entrar a *La Dolce Vita*, pensé que Rodolfo me había encontrado. Entonces me atravesaron oleajes cruzados: quise huir, pero mis pasos me llevaron a su encuentro. El corazón latía susurros salvajes, un sordo precipitarse entre la maleza. Y cuando lo tuve frente a frente, con su rostro de curiosidad y sorpresa ante el movimiento de urgencia que me orillara a su lado, descubrí a otro hombre, muy parecido a mi tutor, sí, pero otro lobo.

—Perdón, me he equivocado —alcancé a balbucir.

Él sólo dijo en medio de una sonrisa acogedora:

—Para nada. Más bien has acertado.

# XXVII

La Casa de la Cascada era rumorosa y secreta. Entré en ella como si penetrara en mi propio ser. Expectante y fascinada ante la sensación de extrañeza que provoca habitar un sueño, un espacio ajeno que me era a la vez tan conocido. Miquel prefirió esperarme fuera. La verdad es que apenas llegar al bosque de Bear Run que la circunda fue adentrarse en el corazón de un misterio. Como escuchar el llamado de una voz sorda que galopara por la sangre; al principio apenas un susurro, después un clamor vociferante: el fragor de una cacería desatada donde se es al mismo tiempo la víctima y el perseguidor. Y en medio de los promontorios rocosos de musgo oloroso y húmedo, de la cascada esplendente y decantada, de los álamos, sauces, liquidámbares, robles, acacias, abedules que se estremecían expectantes con el vértigo del delirio —mi delirio—: la revelación de un misterio, por fin la Casa. Por supuesto ahí estaban agazapados los fantasmas de Rodolfo y Mirna, de mis padres, la niña que jugaba y era una con su alegría y su poder... pero también el goce de someterse e increparse, de dejarse ir y a la vez llevarse todo consigo, un hambre por dejarse devorar y al mismo tiempo abrevarlo todo de un solo golpe. Me desvanecí. Tuvieron que sacarme del lugar en hombros, tal fue la fulguración que me provocó el bosque de mi deseo encarnado. Supe entonces que el éxtasis puede matarte. No sé si fue la primera pero sí la más fulminante de mis muertes. Después he tenido otras: más agónicas, más intensas, más plenas… No sé si más mortales y gozosas.

## XXVIII

El encanto de Miquel era que te complacía como un papá generoso, se adelantaba a cualquier deseo o apetencia posible, incluso antes de que uno hubiera descubierto que ahí anidaba en su interior. Fue exactamente lo que pasó con el asunto de la Casa de la Cascada y con otros deseos profundos que me despertó. El problema con Miquel es que así como se prodigaba terminaba por cansarse. Para entonces o a la par empezaba a viajar solo, a olisquear el horizonte hasta dar con una cierva nueva en la espesura. Entonces sus astas comenzaban a crecer y a enramarse y cuando venías a ver era otra vez un ejemplar electrizado por el instinto: un ciervo en brama, un toro poderoso, un lobo experimentado en sangres. Solía montarme por atrás hasta que era yo la que terminaba por pedir sosiego. No he conocido otro hombre con más poderío y urgencia —y vaya que no han sido pocos los que han trasegado conmigo los pastizales.

Cuando nos separamos acababa yo de terminar el segundo año en la escuela de cocina Irizar en la que me había inscrito, frente al puerto deportivo, a unos pasos de Playa de la

Concha. El mismo Miquel me ayudó a encontrar un piso con uno de sus amigos del circuito de galerías de arte donde se desenvolvía como un *dealer* exitoso. La verdad es que al principio lo eché mucho de menos. Pero tal vez no más que a Mara porque ella era/

No, no fue exactamente así… Va de nuevo: El encanto de Miquel era que te complacía como un papá generoso, se adelantaba a cualquier deseo o apetencia posible, incluso antes de que uno hubiera descubierto que ahí anidaba en su interior. Fue exactamente lo que pasó con el asunto de la Casa de la Cascada y con otros deseos profundos que me despertó. Por ejemplo, yo no sabía hasta qué punto había deseado tener una hermana. Como hija única, alguna vez había fantaseado con una gemela que se vistiera como yo y que fuera mi cómplice al grado de que una pudiera sustituir a la otra. No creo habérselo mencionado a él, pero un día que me acompañaba al mercado de la Bretxa a comprar materias primas para la clase de repostería internacional, nos topamos con una dependienta a la que no pude quitarle los ojos de encima: sin ser una copia exacta, teníamos un increíble aire de familia. No lo he dicho antes pero la familia de Joaquín, mi padre, provenía de Málaga. Supongo que algo de sangre gitana pervive en mi piel aceitunada, en la cabellera rizada y sobre todo en los ojos grandes y almendrados, que es lo primero que la gente recuerda cuando me ha visto. Pero el hecho es que ahí frente al mostrador de levaduras y sustancias químicas, ver a aquella muchacha fue como asomarme a un espejo de agua: una imagen distorsionada por las ondas pero bastante fiel en sí misma. La misma estatura y complexión, la misma melena rizada, los mismos labios suculentos aunque sus ojos grandes eran menos hambrientos. Me preguntaba qué tanto una persona así podía ser semejante en los asuntos del alma. Era tan evidente el parecido, que incluso Miquel exclamó:

—Hostia… pero si parecéis hermanas.

Sonreímos y nos preguntamos los lugares de procedencia. Ella de Algeciras, yo le dije que de la Ciudad de México. Quedamos de tomarnos una caña y platicar otro día. Pero el reencuentro con Mara no sucedería sino hasta meses después, de una manera bastante inesperada, como suelen ser los encuentros con las otras Caperucitas en el bosque.

## XXIX

Aunque seguí visitando el local de materias primas no volví a encontrar a Mara. Pregunté por ella a la otra dependienta y me informó que alguien de su familia se había puesto mal, por lo que había partido a Andalucía sin fecha de regreso. Así que fue toda una sorpresa encontrarla meses después, invitada por Miquel a la reunión que me organizó para festejar mi cumpleaños número 21 y a la que acudieron amigos artistas y galeristas suyos y amigos de la escuela Irizar míos.

—Te dije que te tenía una sorpresa... —comenzó a decirme cuando me puso a Mara enfrente—. La encontré el otro día sirviendo canapés en la feria de arte del Kursaal y yo sé que os caísteis muy bien...

Así fue como Mara entró en nuestras vidas. Porque al poco la incorporamos a nuestros paseos, a los conciertos, al cine y a las sesiones que tenía yo en el apartamento para practicar mis tareas de gastronomía. Tampoco fue extraño que una tarde de lluvia nos amáramos los tres después de compartir un menú de comida mexicana tradicional que ellos me habían insistido preparar, en el que incluí un manchamanteles y un tamal azteca con ingredientes locales y que acompañamos con abundante tequila. Ni que prácticamente se mudara a nuestro piso y, cuando no dormíamos los tres juntos, ocupara el cuarto de las visitas.

El asunto con Mara era una cuestión de piel. No lo sabía entonces pero bastaba mirarle esa capa brillante y elástica, exaltada en las aspas de los omóplatos, en el vórtice de la cresta de Ilión, en la tersura de las rodillas, para abismarse en un flujo de corrientes encontradas: el impulso de perderse en ella y a la vez subyugarla. Era un deseo innombrado pero tan imponente que te desarmaba hasta el punto de sólo querer fundirte, un adentrarse en la enramada, volverte un rumor en fuga. Como si los poros de la piel se agigantaran y se poblaran de bocas y ojos que reclamaran abrevarte. Un coro de sangres inundando las playas, las grutas, las tundras, los bosques, las selvas interiores. Y la tentación acariciándote por dentro con sus dedos sutiles y apremiantes: "cómeme", "bébeme", "hazme tuya", "vuélvete mía", increpaba en murmullo creciente… Un día no pude resistirlo y mordí la manzana.

Miquel debió de haber creído que había yo actuado por celos porque lo cierto es que él y Mara cada vez se llevaban mejor en la cama y terminaba yo relegada. No sabía él lo importante que era para mí ver, alimentarme con la mirada. Hasta que en aquella ocasión los ojos no fueron suficientes y con labios y dientes me apresté a probar la carne suculenta.

En respuesta, Miquel se abalanzó sobre mí para evitar que le hiciera más daño a Mara, que aullaba de dolor. Revisó la huella sangrante que mis dientes habían dejado en la piel amada y entre golpearme y correr al botiquín de primeros auxilios, se decidió por lo segundo. Armado de alcohol y compresas procedió a desinfectar la herida, mientras Mara lanzaba miradas lastimosas con los ojos arrasados de lágrimas. Luego telefoneó a un amigo médico que sugirió un antibiótico y un analgésico. Todavía recuerdo que cuando le explicó lo que había pasado, dijo:

—Una perra mordió a Mara... No, no tiene rabia pero le enterró los dientes con saña.

# XXX

Las cosas se precipitaron y me quedé sola en el bosque con un regusto de sangre ajena. ¿A qué sabe probar la carne amada? Apenas había alcanzado a dejar la huella de mi hambre y mis dientes en su piel, pero un sabor salvaje y dulce se mezcla ahora en el recuerdo con la transgresión sublime de haber mordido un pedazo del paraíso. Miquel me ayudó a conseguir otro espacio y luego viajó con Mara a un recorrido por las islas griegas. No volví a saber de ellos hasta que me visitaron dos guardias civiles para interrogarme porque después de seis meses de embarcados no habían dado señales de vida y la casera de Miquel necesitaba desalojar el piso para rentarlo a nuevos inquilinos. Les conté que no había tenido más noticias de ellos desde que me mudé al apartamento de la calle del Puerto, en el casco viejo, adonde había permanecido porque me quedaba muy cerca de la escuela de gastronomía. Para entonces yo acababa de presentar los exámenes de la temporada y me esperaba un *stage* gestionado por la propia escuela en *George Blanc*, el afamado restaurante tres estrellas Michelin en Vonnas, una pequeña ciudad enclavada en la región de Rhône-Alpes, alejada del mundo que en aquel entonces me rodeaba y adonde por supuesto huí para escapar de la tristeza de saber que ya no tendría a Mara y a Miquel para jugar y perdernos en la espesura de las primeras veces. (Adonde por supuesto me refugié, en medio de la práctica, en ese paraíso de la alta comida francesa, para mejor digerir el regalo que Miquel me había descubierto con Mara, para degustar en secreto la alquimia de dejarse devorar por un deseo desconocido. Esa pérdida de la virginidad que implica descubrir una parte de uno en sombra y que viene acompañada de miedo, deleite, confusión pero también de auténtica dicha.)

# XXXI

En Vonnas permanecí más tiempo del
*stage* programado porque Phillipe, el *maître* de
la *Maison George Blanc*, al probar la versión de la
*Oreiller de la Belle Aurore* que elaboramos entre
varios practicantes para una recepción de gala
en el Château d'Epeyssoles, me recomendó para una estancia de tres meses más. El Château
d'Epeyssoles era una mansión destinada a recep-
ciones y eventos, situada en el mismo pueblo
*gourmand* de Village Blanc, donde estaban el
hotel, el spa y el restaurante creados por Geor-
ges Blanc, un chef de tres estrellas Michelin que
también tuvo la estrella para extender sus ta-
lentos a la hotelería resort. Phillipe contaba cosas increíbles de Monsieur Blanc, no sólo del
emporio gastronómico que había creado en
Francia, o de su fama con los mayores honores
y reconocimientos en el ramo, sino de su capacidad de hacer los sueños realidad como era
ese *village gourmand* en Vonnas con campos de
golf, lagos y jardines espléndidos.

—Imagínate —me decía Phillipe, que
como buen suizo admiraba sobre todo la capacidad de hacer de los sueños una realidad eco-
nómica—: la carretera por donde llegaste aquí,

no existía hace cinco años. Cuando construían la A40 Mâcon-Genève-Chamonix, él pidió una salida directa para comunicar Vonnas y Village Blanc. Claro, el favor le costó la friolera de 2.3 millones de euros.

Cosas como ésa me contaba en la *tableau du Chef* del restaurante, adonde nos sentábamos a cenar y platicar después del trajín del día. En esa mesa especial fue también adonde me hizo confesarle el ingrediente secreto que introduje en la afamada receta de la "Almohada de la Bella Aurora", un *pâté en croûte* con forma de cojín, creado por uno de los padres fundadores de la gastronomía francesa, que en la receta original emplea varios tipos de carne de caza y *foie gras* en su confección.

—Tu "Belle Aurore" tenía un sabor más reconcentrado y exquisito. Por no decir del decorado de la almohada… —comenzó a decirme Phillipe aquella vez.

—No fue solo mía, la trabajamos Matías, Nicole y yo —le respondí a mi vez porque tampoco se trataba de quedarme con todo el crédito.

—Sí… pero ellos insisten en que añadiste una carne extra al pato, cerdo, ganso, perdices, faisán, liebre que maceraron para el paté.

—Te faltó decir ternera…

—Claro, la ternera, las trufas, los pistachos… Pero ya dime el secreto.

—Bueno, la historia es un poco larga porque soy algo fantasiosa y a mí las recetas me despiertan sueños.

Estoy dispuesto a correr el riesgo de quedarme dormido… Cuenta, Artemisa, cuenta de una vez.

Entonces le conté. Desde que conocí el nombre de la receta, la "Almohada de la bella Aurora" siempre me había evocado los cuentos de hadas. Por supuesto pensaba en la Aurora de la Bella Durmiente. No sabía que la madre de su creador, el afamado Jean Antelme Brillat-Savarin y también autor del célebre tratado *La fisiología del gusto* que todo chef conoce, se llamaba Aurore y que a ella le estaba dedicada. Para cuando me enteré ya me había deleitado con su mezcla de sabores y me había dejado llevar por la imaginación gastronómica. Me parecía una maravilla haber reunido a todos esos animalillos del bosque en el interior de la almohada donde reposaría la princesa su sueño. Pensaba en el señor conejo, el pato, las codornices y las otras carnes y aves de caza como una corte que rindiera homenaje a la dulce Aurora. Pero aunque estuviera su esencia triturada, me parecía que faltaba un ingrediente conceptual a todo este retablo de gastronomía onírica. Fue así como se ocurrió incorporar un corazón. Pudo haber sido de res o de venado, pero puesto que la receta original incluye espaldilla de ternera, me pareció que podría integrarse mejor a la gama de sabores el corazón de casi dos kilos de una ternera, que fue el que conseguí con el proveedor.

Palabras más, palabras menos, fue así como le conté a Phillipe el ingrediente secreto

que incorporé a la receta. Veía su rostro con-
centrarse primero y luego emocionarse ante la
lógica fantástica que le planteaba mi historia, y
no parar de decir de cuando en cuando: *"Génial... Génial!"*

El asunto del decorado también le encantó. De niña, cuando vivía con Joaquín y
Camila, acostumbrada a sus sesiones de amor
verdaderamente carnal, me gustaba colarme a
su alcoba y tirarme en su cama que, aunque
estuviera perfectamente tendida, conservaba
para mí resabios de sus noches infatigables. Pero también para reposar en un almohadón que
Camila solía colocar al centro con una imagen
bordada según una artesanía tradicional: un par
de palomas delicadas que sostenían entre sus
picos un listón con la leyenda "Tuyo es mi corazón", todo ello circundado por un corazón
delineado con flores. Yo solía poner el rostro en
la tela y mirar agigantadas por la escasa pers-
pectiva las cabezas dóciles de las palomas, sus
picos gráciles, la guirnalda de flores y la palabra
"corazón" se agolpaba y latía ante mis ojos, que
además se habían cargado con los restos de la
fragancia y el fulgor animal de los cuerpos entrelazados de mis padres.

Entonces no fue más que trasponer la
imagen de aquel almohadón a la receta de
la "Almohada de la Bella Aurora" con todo su
barroquismo, al simular en la pasta crujiente
los cuerpecitos palpitantes de las palomas, lo
mismo que la guirnalda de flores con forma de

corazón y la frase *"Mon cœur, est tien"* que con sólo verla abría un apetito de regustos salvajes a quienes se atrevían a soñar con la sugerencia de esa promesa culinaria.

Para entonces era de madrugada y nos habíamos quedado solos Phillipe y yo. No sé si por el vino que habíamos tomado pero de pronto, cuando guardé silencio, me miró con ese brillo inconfundible del que se apresta para iniciar una cacería. Acto seguido se desabotonó el uniforme por la parte del pecho y me lo mostró. Y me dijo en un español sin acento extranjero, como suelen hacer muchos suizos políglotas:

—Mi corazón es tuyo… —murmuró mientras yo me aprestaba a posar los labios en el sitial de esa prenda tan sublime y exquisita.

## XXXII

Ahora que hago el relato de mi recorrido por el bosque de mi corazón, debo reconocer que tal vez mi cocina no hubiera sido la misma de no haberse presentado el incidente con Mara. La tentación de la carne semejante. Ella me abrió a apetitos innombrados, por ella supe como nunca antes: esta boca feroz es mía… Pero también es cierto que uno no se hace voraz; con la voracidad se nace. Si acaso, se vuelve más salvaje o más refinada. O como en mi caso, una mezcla de ambas.

Es cierto que lo de lanzarme a la gastronomía profesional estaba presente desde que me decidí a dejar Playa del Carmen para viajar con Miquel a San Sebastián, donde eran famosas sus escuelas de alta cocina. Pero ese asunto desaforado por la carne y sus deleites en el paladar se me fue revelando cada vez más claramente a partir del episodio con Mara. Por supuesto que también influyeron los otros cuerpos de donde abrevé antes y después, esa hambre de posesión que se revela en el acto amoroso y que nos sacia al menos en la eternidad del instante vivaz. En los besos golosos, en las caricias vehementes, en la cópula ardiente de los sexos, ¿cómo no recuperar un hermafroditismo que nos completa así sea fugazmente?

Supongo que tampoco fue gratuito que por esos días me topara con los aires sensuales de un *gourmand* del siglo XVIII: Grimod de la Reynière y su *Manual de anfitriones y guía de golosos*. Fue una lectura que me llevó a experimentar con otras recetas de cocina tradicional y al mismo tiempo a proponerle a Phillipe maneras voluptuosas de hacer el amor en las que los platillos y la comida jugaban un papel protagónico. Como si buscara, sin saberlo deliberadamente, crear una obra de arte, un cuadro que bien hubiera podido llamarse *Políptico de los placeres de la carne*, una naturaleza demasiado viva, a veces incluso desfalleciente, en el límite del éxtasis y del abismo.

Bien sabía de la Reynière que hay circunstancias en las que el amante y el goloso quedarían por debajo de sus posibilidades, si el arte no viniera en ayuda de la naturaleza, y que los mejores afrodisíacos se encuentran en la cocina. Hoy en día no nos sorprende esta relación entre la sexualidad y la gastronomía, pero en pleno Siglo de las Luces, después de la toma de la Bastilla, no era nada frecuente reflexionar sobre sexo y comida en términos de una gozosa filosofía del placer como lo hacía este autor de entrañas sibaritas.

Recuerdo en especial una ocasión en que, para celebrar el cumpleaños de Phillipe y nuestra despedida, pues mi estancia en Vonnas

ya no podía prolongarse más, emulé en parte
una de las famosas cenas de la Reynière y lo obli-
gué a esperar en una habitación a oscuras largos
minutos para que, a modo de pasaje, se prepa-
rara a salir a un mundo de sabores y saberes que
sólo pueden conocerse a través de los sentidos
renovados. Así lo hice permanecer casi una hora hasta que corrí el telón en donde se llevaría
a cabo el festín. No ante una mesa, sino una
suntuosa cama rodeada de platillos como en el
servicio a la francesa, adonde entrarían en juego
el paladar, el cuerpo y el alma.

Fue un verdadero acierto idear así la ocasión porque a la cautela inicial de Phillipe al
probar una vianda de cordero bañada de salsa
de castañas y vino de Málaga, o la elaborada
matrioska recomendada por de la Reynière como el asado más exquisito —confeccionada con
diferentes aves, una dentro de la otra, que en lo
más recóndito guarda un corazón de aceituna
rellena de alcaparras y anchoas—, a la par de esa
cautela inicial, decía, se fue desencadenando,
paso a paso, el desenfreno de los otros deleites.
¿No es acaso la cocina una "alquimia de amor"
como bien sabían de la Reynière y Maupassant?
Y luego, ¿podía haber mejor plato donde lamer,
tocar, untar, saborear la comida que en el cuerpo de un amante? Porque el goce de la boca y el
estómago nos vuelven benévolos con nosotros y
con el mundo. Pero además, hincarle el diente
a un buen trozo de carne, desgarrarla y percibir sus jugos puros o mezclados en salsas, nos

despierta ese lobo que creímos dejar atrás en el trayecto hacia la humanidad civilizada y sus ciudades. Es como regresar a la vitalidad de la tribu o de la manada, en la que muy pronto se enciende el cuerpo propio ante la proximidad del otro, de su piel, sus aromas, sus lubricidades, su deseo devastador, la fiereza de su entrega. Un hambre que busca en la posesión sublimar un instinto de voracidad en el que brillan resabios del primer alimento materno o de un canibalismo atávico. Cuán lejos y a la vez cuán cerca se sitúan esos placeres clandestinos que llevan a alguno de los participantes al borde de la muerte, o a precipitarse voluntariamente en ella. Uno de esos deleites oscuros que se ha puesto últimamente de moda, el *rosebudding*, traducido por los entendidos como prodigarse cual capullo de rosa, podría sugerir esa gula por el otro y lo que ha comido, si no fuera demasiado grotesco a pesar de la delicadeza de su nombre.

# XXXIII

A San Sebastián sólo regresaría para concluir las últimas pruebas y recibir mi diploma. Un tiempo me incorporé a la plantilla de cocineros de un restaurante afamado en San Sebastián. El hecho de que la comida vasca, a pesar de sus mezclas de *mar i muntanya*, se inclinara por la merluza, las cocochas, los chipirones y toda una variedad de pescados y mariscos, y en menor cantidad por la carne, me llevó muy pronto a probar fortuna en varias cocinas de Francia, donde permanecí un par de años. Después me trasladé al norte de Italia porque Nicola, con quien trabajé en Maison Troisgros, me ofreció asociarme con él y montar nuestro propio restaurante en Lecco, de donde era originario.

En la *Cucina Vorace*, como bautizamos a aquel lugar rústico mi socio y yo, probé abiertamente a ofrecer un menú de viandas elaboradas unas y otras más salvajes. En San Sebastián había conocido a un parrillero que innovó la cocina a las brasas con parrillas colgadas de poleas según un diseño propio y que había sustituido el uso del carbón con maderas de encino y roble que añadían a los alimentos unos aromas fragantes a bosque natural. Decidí adaptar mis propias parrillas, usar maderas de la zona, probar un estilo de cocina que despertara los apetitos más elementales, un como experimentar el olfato y el hambre por primera vez, o como recapturar ese instinto animal, una olvidada sed de cacería capaz de llevarnos detrás de una presa.

Devorar, desgarrar, masticar, engullir, despedazar, reiniciarnos en el ritual en el que somos uno con nuestro cuerpo más allá del barullo censor y distractor de la mente, las inhibiciones y la ley. En realidad, volver a ser uno con el cuerpo como en todo estado de alerta o de goce de la piel y los sentidos que se realiza a plenitud, lo mismo en el peligro que en el éxtasis y el abandono. Había entonces que encontrar los cortes, las combinaciones, la temperatura, los condimentos, los marinados, las salsas, los acompañamientos para realzar esa pureza de lo primordial, la fiebre voraz de la carne a través de la alquimia del fuego. Era buscar un equilibrio nuevo: el goce carnívoro más primitivo a partir de una gastronomía sofisticada, aunque aparentara sencillez.

Llegué a recordar, por ejemplo, la prestigiada ternera Kobe del Japón, a la que se masajea diariamente con sake, además de cepillarla y alimentarla con forraje de cereal fino, para lograr una carne más suave y deliciosa. O la carne tártara, que tuvo su origen en los pedazos que los jinetes tártaros colocaban bajo su montura: al llegar a su destino, después de horas de viaje, la carne estaba prácticamente molida. Es decir, que se podían introducir variantes del producto antes de ser sacrificado o cocinado, como supe que hacían algunos restaurantes *gourmet* de nueva generación, que criaban a sus propios animales. Pero por supuesto, ello implicaba gastos y un corazón no de lobo, sino de empresario rapaz, para criar ovejitas y chivatos, hacerlos crecer con cuidados más que maternales, para luego entregarlos al matarife. (No, habría tenido que aprender a sacrificarlos yo misma, limpia, certeramente, para cargar con toda la culpa y encontrar también de alguna forma el perdón…)

Pero estas y otras consideraciones vendrían más tarde, cuando montara mi propio restaurante en el barrio de San Ángel, de regreso en la ciudad que me vio nacer. Para entonces había recibido noticias inquietantes y supe que debía reemprender el camino de vuelta: el antes vigoroso corazón de mi tutor había fallado y ahora debía someterse a una cirugía de pecho abierto.

# Tercera parte

Me encuentro atravesado de rayos,
sellado de sol y sombra.
Habito una buena espesura.
En el bosque estoy en mi ser entero.
Todo es posible en mi corazón
como en los escondites de los barrancos.
Una distancia de matorrales me separa
de la moral y las ciudades.

RENÉ MENARD

# XXXIV

Poco había sabido de mis tutores en aquellos años de peregrinación y aprendizaje. Los había vuelto a ver, al igual que a la abuela y la familia cuando, recién estrenada la mayoría de edad, reclamé el asunto de la sucesión testamentaria. Después viajé a San Sebastián con Miquel y sólo tuve contacto primero por carta y luego por correo electrónico. Cuando me enteré de la muerte de la abuela, creí que tal vez debería viajar a México, pero tras pensármelo un poco, me pareció inútil. Ya no llegaría a su sepelio ni a su entierro, me toparía con parientes con los que no compartía más que un apellido y quizás algún rastro de sangre. Pero en el caso de Rodolfo todo fue diferente. Apenas saber que su vida corría peligro, fue suficiente para que le vendiera mi parte a Nicola y abandonara la *Cucina Vorace*, con todo lo exitosa que había resultado, al grado que se había corrido el rumor en Lecco y los alrededores de su buena parrilla de sabores salvajes. Si lo había podido conseguir en el norte de Italia, me decía, ¿por qué no podría intentarlo en mi país, más cerca del bosque en donde gravitaba mi deseo? Porque tuve que reconocer, ante el amago de la muerte de mi tutor, que aunque no lo mencionara o pareciera no recordarlo, siempre su hálito predador palpitaba en mis entrañas, en lo profundo de mi propia hambre y mi corazón.

# XXXV

De regreso a casa tuve que tomar por el camino largo. No lo decidí yo, sino la huelga de aerolíneas italianas que se confabularon en mi contra, y que muy pronto se extendió a otras aerolíneas de la recién estrenada Unión Europea. Buscando escapar a esa onda expansiva de protestas y paros de los trabajadores del aire ante la oleada de despidos y atropellos de los dueños y accionistas, me trasladé por carretera a uno de los pocos lugares que tenían emplazada la huelga pero que aún volaban al continente: España. Pero al llegar a Madrid tuve que esperar varias horas por la saturación de vuelos. Decidí darme una escapada al Parque del Retiro. Cada vez que iba a España procuraba visitarlo y muy en especial a su estatua del Ángel Caído. Era una especie de rito caminar las veredas azarosamente hasta encontrarse al pie de la soberbia estatua. Y entonces contemplar en lo alto el cuerpo vertiginoso, el rostro furibundo del que cae con rebeldía y dignidad, sin lamentarse ni pedir perdón, orgulloso de sus pasiones y sus culpas. Él, como yo, alguna vez fue un ángel y como todo ángel fue también un demonio de pureza. No hay dios al que no se pueda retar cuando se asumen ferozmente nuestras debilidades, que según se miren, son también las fortalezas de cada uno. Recuerdo que la primera vez que miré la efigie sacrílega pensé mucho en ese dios de las alturas que así arrojaba de su lado a quien no se sometía a sus designios. Y en absoluto me pareció el dios misericordioso de quien alguna vez me hablaron mi abuela y Rosa, la cocinera de mis tutores. Como el Liceo era una escuela laica nunca fui sometida a la tortura de clases de religión, pero por aquí y por allá aparecían las señales en una sociedad como la mexicana tan estigmatizada por las injusticias y fácil presa de los símbolos religiosos: lo mismo la virgen del Tepeyac que la Santa Muerte, pasando por cultos intermedios como el del antiguo santo de los narcos y también Robin Hood de los pobres: Jesús Malverde.

De modo que sin haber tomado clases de catecismo, algo sabía de ese ángel réprobo que había liderado la sublevación celestial. Pero al contemplar la estatua del Retiro, "Luzbel", la luz más bella, me pareció sobre todo la imagen de un revolucionario que atentara contra un poder establecido, que la de un condenado al suplicio eterno. Al verlo rodeado en la base del pedestal por una corte de grifos y seres monstruosos, sublime en su caída, tuve la convicción entonces de que eso que nombramos el Mal, muchas veces es uno de los rostros con que disfrazamos aquello que más tememos: afuera o adentro de nosotros.

# XXXVI

Acababa de leer algo respecto al olor de los castaños. Me intrigaba una información clandestina sobre su parecido con la fragancia del esperma que desprenden sus ramas en flor. Yo recordaba que en el Parque del Retiro había muchísimos ejemplares de castaño, así que hacia allá me precipité aquella tarde de mayo, antes de mi regreso a México, con el deseo de visitar la estatua del Ángel Caído y de cortar algunas flores de castaño y recoger algunos de sus frutos erizados de púas blandas. Sabía que eran ligeramente tóxicos pero quería probar a disponerlos confitados junto a algún corte, o secarlos, rallarlos y espolvorearlos para condimentar alguna carne.

Experimentar así me había hecho encontrar posibilidades nuevas a platillos tradicionales. Por esos días un visionario de la alta cocina había dicho que la gastronomía es un estado mental... y tenía razón. El sentido del gusto nace en el cerebro y en la imaginación. Ese visionario que revolucionaría el arte culinario se llamaba Ferran Adrià y nos enseñó a todos los chefs del mundo a ser libres, a mirar más lejos o más cerca, y a no tener miedo de atrevernos.

Por supuesto que había probabilidades de que el aroma de esa virilidad vegetal se perdiera al secarse o al integrarse a los alimentos, pero el poder de la fantasía puede ser inmenso. Y bastaría agregar en el menú una nota como ésta: "Criadillas de cordero al castaño: Sabores animales y efluvios florales según receta de Linneo y el Marqués de Sade" para que los comensales echaran a volar la imaginación de sus papilas gustativas y sexuales.

Y yo quería probar... así que me aventuré al Retiro aunque faltara poco para su cierre y unas cuantas horas antes de que saliera mi vuelo del aeropuerto de Barajas. Después de presentar saludos a la estatua del Ángel Caído, me adentré en el parque, seguí sus sinuosas veredas y reconocí sin aliento, a la luz vesperal de ese mayo en flor, rodeada de verdes y luminosos castaños, que el jardín entero era una oleada masculina, dulzona y amarga, y en definitiva, subyugante. La había percibido otras veces, me había puesto feliz con sus pálpitos embriagantes, pero saber ahora la razón que llevaba a tantas parejitas a besarse a la sombra de sus deseos en flor, tuvo la plenitud de esa dicha que proviene de sentir que cada cosa encaja en su lugar, que todo cobra un fulgurante sentido. Así, rodeada de esa espesura, atravesada por dardos de sol y sombra, me descubrí en el bosque de mi ser entero. Todo era posible en mi corazón como en los escondites o las grutas que guarecen a las bestias y a los niños. Me inclinaba para recoger algunos frutos redondos y con púas leves, lo mismo que adúlteras flores blancas que habían caído al suelo, para olerlas e impregnarme de sus mieles que prometían tálamos e himeneos sin tregua, cuando un lobo disfrazado de intendente se me acercó intimidante.

—Que hemos cerrado... ¿No habéis oído los silbatos?

Y al mirar mi mandil cuajado de frutos y flores me ofreció darme unas más frescas y fragantes.

—Vienes por la esencia del Marqués, ¿verdad?

Lo miré con curiosidad pero también con sorpresa: ¿desde cuándo los empleados de intendencia suelen ser tíos leídos? Porque era verdad que la historia del olor del castaño me la había encontrado en un libro de fábulas y leyendas del Divino Marqués —lo de Linneo y la espermidina que el castaño comparte con el tilo y el saúco, en la enciclopedia—. Observé que era un lobo entrado en años, con los colmillos amarillentos por el tabaco, la mirada pícara pero resignada de quien ha visto pasar sus mejores momentos. Ante mi cara de sorpresa, explicó:

—Desde que sacaron ese reportaje en el telediario sobre las plantas y el sexo, a cada rato veo gente recogiendo frutos bajo los castaños y hasta colgarse de alguna rama como simios para alcanzar las flores. Por supuesto, eso está prohibidísimo...

Y mientras hablaba fue guiando mis pasos hacia una vera del camino. Como quien no quiere la cosa, continuó:

—Pero yo levanto las flores apenas caen al suelo y las pongo a remojar en una palangana… Debíais oler qué fragancia más intensa tienen. ¿Queréis que os las muestre? Están ahí, en esa covacha de limpieza.

No sé qué mecanismo aturdidor se desató en mi cerebro. Su sonrisa era generosa y hospitalaria. Y yo quería comprobar lo de las flores flotando en el filo del agua. Su olor más penetrante. Así que acepté. Después de todo era un hombrecillo sin vigor, no podía representar ningún peligro. Y yo quería las flores más fragantes y frescas.

Entramos a la covacha. Había trebejos, podadoras, escobas y una especie de biombo que cubría la parte posterior del lugar.

—Atrás, están atrás de la mampara —dijo susurrante.

Me volví para encararlo. De modo que quería sorprenderme.

—Pero qué ojos más grandes tienes, guapa… —dijo antes de intentar echárseme encima. Esa costumbre malsana de que el deseo de uno es suficiente para avasallar al otro. Si hasta entre los leones y las hienas es la voluntad y el instinto de dos. Y por supuesto, él no contaba con los míos. Que fuera yo dócil en dejarme llevar obedecía a un propósito propio, que no al suyo. Aunque claro, después, si le hubieran preguntado, él habría dicho que yo sabía a lo que me arriesgaba entrando a un cuartucho con un desconocido. Y yo insistiría: sólo iba por las flores. Aunque podía imaginarme que las cosas tomaran otro rumbo, no era lo que yo quería. Si todo hubiera sido tan de común acuerdo, ¿por qué entonces la imposición y el uso de la fuerza? Porque viejo y todo, sacó ímpetus quién sabe de dónde y por poco me tira al piso. Pero reaccioné a tiempo. Aun en las peores circunstancias, lo único que puede perderte es el miedo. Cualquier animal salvaje con sus instintos de supervivencia bien puestos lo sabe: ante un asedio frontal, la mejor defensa es el ataque. De un solo movimiento le hinqué una rodilla en los bajos. Trastabilló, lo empujé y salí corriendo. Aún me dio tiempo de tomar un par de flores amarfiladas del balde que estaba al lado de la puerta y que no había visto al entrar. El muy lobo no había mentido del todo.

## XXXVII

Durante el vuelo dormí mucho. Es que a mí los aviones me arrullan. Pero hubo un sueño que regresó para que no lo olvidara. Es extraña esa sensación de haber estado en un lugar antes o de haber vivido algo con anterioridad. *Déjà vu, monsieur Proust*. Pero es más extraña la experiencia de haber estado en un sueño antes. Como sea, lo había relegado al olvido y no fue sino hasta soñarlo de nuevo que me di cuenta, con la simultaneidad de esa lógica aplastante de lo onírico, que no era la primera vez que lo soñaba.

En el sueño caminaba por la cubierta de un barco que surcaba el Mar Egeo. Yo sabía que era la misma embarcación donde viajaban Miquel y Mara antes de que se perdiera su rastro, y donde antes habían viajado mis padres, Camila y Joaquín, lo mismo que Rodolfo y Mirna, mis tutores. El mar era de un prodigioso azul fosforescente que esculpía crestas aureoladas de espuma. Entonces aparecían Miquel y Mara, felices porque acababan de descubrir un manto de delfines que rompía el horizonte. Me invitaban a verlos con sus catalejos. Yo me los calaba en el momento en que Miquel caía por la borda, así que en lugar de delfines lo veía saltar a él. Manoteaba un poco antes de dar un coletazo y sumergirse en el agua. Me volvía y encontraba el rostro de Mara apenas a unos milímetros del mío. Sus ojos eran tan voraces como los míos. Ahora éramos tan parecidas como dos hermanas gemelas. Su piel, brillante, aterciopelada, era una caricia que hechizaba. Antes de quitarme el aliento con un beso que me hizo trastabillar, me decía:

—No le digas a nadie que lo echamos al mar.

# XXXVIII

La noticia de la operación de Rodolfo había sido el primer aviso de vencimiento. La primera vez que su corazón fallaba. Apenas llegar a la Ciudad de México, me trasladé al hospital adonde mi tutor pasó varios días en terapia intensiva. Me turné con Mirna para cuidarlo —que con el susto y el desgaste de los primeros días, se veía muy desmejorada—. No sabía yo que las figuritas de Lladró podían cuartearse, envejecer. Sentí tristeza por ella: a final de cuentas, a su modo, había sido una buena madre sustituta para mí. Seguía siendo distinguida pero era como si hubiera perdido brillo. En cambio mi tutor seguía siendo atractivo a pesar de las canas, las arrugas y ese aire de cansancio que le otorgaba un hálito de estar más allá de todo. Pero cuando enfocaba su atención y te hacía el blanco de su sonrisa volvía a hundirte los colmillos dulces de su mirada predadora. Yo veía a las enfermeras que lo atendían por turnos y me daba cuenta del aura de docilidad, el fervor por cuidarlo o limpiarlo, con que se manejaban en su presencia. Hay lobos así, que te abren deseos de sometimiento, y de pronto ya no eres más que una corza obediente a los designios de tu propia sangre.

Mirna me pidió que me quedara en la casona de Coyoacán mientras me instalaba en forma. Reconocí algunos cambios: la terraza de las carnívoras se había convertido en un hábitat de arcilla para plantas desérticas; Rosa y Tobías ya no estaban en sus puestos; la misma Mirna, viendo que se acercaban sus días de jubilación, no paraba de aprovechar cuanto proyecto de investigación o congreso la mantuviera activa. Pero la torre seguía tan luminosa y cuidada como cuando yo solía visitarla. Aunque había nuevas construcciones a escala como un Taj Mahal con todo y su espejo de agua, una capilla de Ronchamp que simulaba el tocado de una monja, o una ondulante Casa Batlló todavía en proceso, lo cierto es que la Casa de la Cascada seguía presidiendo el espacio. Probé a hacerla funcionar con el apagador que yo sabía oculto en el área de la chimenea y el agua volvió a correr como una fuente que agitara una magia recóndita.

Rodolfo tardó varios días más en salir del hospital. Era extraño ver la cicatriz que le cruzaba ahora el pecho, ese bosque que me había guarecido cuando niña. Los ojos se me arrasaban de lágrimas sólo de pensar que alguien había tenido entre las manos su corazón. Recuerdo que cuando trabajé en Vonnas me daba mis escapadas para conocer otros lugares los días de descanso. A veces en los alrededores, como Mont Blanc con sus nubes y sus nieves tangibles como los sueños —porque cuando estás ahí, rodeado de esa blancura resplandeciente, todo te parece posible, lo mismo la felicidad que el precipicio—. Otras veces en vuelos de oferta a lugares un poco más lejanos. Así fue como visité Dublín, donde recordaría particularmente su corazón.

Recorría la catedral de la Santísima Trinidad, adonde me había metido para escapar de una llovizna pertinaz. La luz silenciosa de aquella mañana de febrero penetraba los vitrales y obligaba al recogimiento de los pocos parroquianos y los turistas que visitaban sus altares. El hecho de que fuera una catedral pequeña la hacía extrañamente acogedora a pesar de los muros de piedra medievales. De pronto en el costado derecho, una reja de metal forjado, tosca y abrupta, irrumpía en un nicho blanquísimo. En el interior, un relicario de madera oscura, de buen tamaño, con forma de corazón, que guardaba otro corazón que alguna vez había palpitado. Entonces, ante aquel objeto oscuro encarcelado, no pude sino pensar en el de mi tutor. Y deseé guarecerlo y conservarlo como un cáliz, por más que en aquel momento no sospechara que de verdad podía fallarle.

## XXXIX

Al principio tuve mis reparos en instalarme en la casona de Coyoacán pero Mirna me convenció con una frase: "Así estarás más cerca de Rodolfo cuando salga del hospital… Y tú sabes que saberte cerca, le hará bien". Y al decirlo me miró como si tuviera en mente la imagen de una sola noche. No dijo nada más y yo me vi de frente con un recuerdo que siempre quise olvidar pero no pude. Que no lo haya mencionado antes no quiere decir que no hincara sus dientecillos atroces en la piel de la memoria. Por más que no pensara en ello puede decirse que fue lo que me orilló a escaparme de la casona de Coyoacán.

Era noche cerrada en la torre cuando nos quedamos dormidos yo y Rodolfo, una en brazos del otro. Ya no era yo tan pequeña como para que me leyera cuentos y poemas pero seguíamos haciéndolo a veces cuando Mirna no estaba. Tampoco para que me tuviera sentada en sus piernas a pesar de que cada vez era más difícil acomodarme en su regazo. Un cuerpo de quince años sin más prendas que unos zapatos de colegiala y unas calcetas perfectamente blancas en unas pantorrillas que habían dejado de ser infantiles pero conservaban su nostalgia.

Yo dormía pero en medio del sueño tuve la sensación de que alguien se paraba en el marco de la puerta y nos observaba. Pero lejos de abrir los ojos para constatarlo, permanecí guarecida por esa penumbra boscosa bajo mis párpados. Tras contemplarnos largamente, pude percibir aquella presencia en retirada. La escuché aún refugiarse en su alcoba. Y de sus muros, de donde nunca se escapaba ni el más leve rumor de gozo, pude oír derramarse un llanto en cascada.

Bueno, la verdad es que no estoy tan segura. Pero eso sí, era noche cerrada en la torre cuando nos quedamos dormidos yo y Rodolfo, una en brazos del otro. Ya no era yo tan pequeña como para que me leyera cuentos y poemas pero seguíamos haciéndolo a veces cuando Mirna no estaba. Tampoco para que me tuviera sentada en sus piernas a pesar de que cada vez era más difícil acomodarme en su regazo. Tal vez estaba yo perfectamente vestida pero un cuerpo de quince años con uniforme de colegiala en las piernas de un hombre mayor es una visión que puede recordarnos la pureza de la infancia pero también nos obliga a situarnos ante la secreta concupiscencia del deseo.

Tal vez estaba yo dormida y soñé que Mirna nos encontraba. Tal vez fue ella quien me imaginó desnuda cuando en realidad vestía yo todavía el uniforme del Liceo, tal vez... Pero fue cierto su llanto una noche cerrada.

Cuánta razón tenía el poeta que dijo que la culpa es mágica. Si miro este cuaderno boscoso con sus enramadas, claros de luz, lobos, caperucitas, canastas de comida y toda su hambre, no puedo dejar de reconocer todo lo que se urdió a la sombra redentora de sus pecados en flor.

## XL

Mientras se recuperaba aquella primera vez, antes de que me mudara de la casona y abriera *Corazón de Lobo* con sus especialidades carnívoras en el rumbo del barrio de San Ángel, yo solía leerle libros por las tardes y en las noches. Conforme pudo subir escaleras volvimos a visitar la torre y me contó de los trabajos en el armado de las maquetas y las leyendas de los edificios que reconstruía. Como aquella que relataba no sólo que el Taj Mahal había sido erigido como mausoleo para honrar el recuerdo de una mujer amada, sino la de que sus arquitectos y decoradores habían sido mutilados y cegados para que no pudieran repetir el prodigio. Es que la belleza suele ir enramada para que sea más verdadera y profunda. No por nada los poetas saben que

En todo corazón hay una llaga
hay una flor, hay una zona
de denso follaje y sombra…

Era ese uno de los muchos poemas que le leí a mi tutor, mientras a la par mi imaginación culinaria fraguaba nuevas recetas y preparaba la cuchillería mental para los cortes y las viandas de mi nuevo proyecto gastronómico. Comenté algunas de esas propuestas con Rodolfo entre los versos que le leía. Como la receta de "Corazón de cierva herida al xoconostle", una variante de *civet* en la que por supuesto usaría la sangre del animal para espesar una salsa *marchand de vin*, combinada con esos frutos acidulados del desierto mexicano cortados en *brunoise*, que como por arte de magia coincidió con una estrofa de nuestro poeta favorito, aquel que nos había quitado los temores como se retira un ropaje que estorba, una noche de memoria fragante y luminosa.

> ¡Ay, qué insignificante se vuelve un
> corazón
> si cae alguna vez en las manos del
> Amor!
> Cualquier otra pasión halla su lugar
> entre las otras y pide muy poco para sí;
> algunas nos estremecen, pero Amor
> nos desmiembra:
> nos devora, pero nunca nos digiere.

El día que iba a marcharme a mi nueva casa me pidió ir a la torre. Con cuidado, lentamente, lo ayudé a subir la escalera. Tras acomodarse en el sillón y un largo silencio, me dijo al fin cuánto me había extrañado. Lo abracé con cuidado para no lastimarle la herida que ya cicatrizaba. Entonces nos miramos. Cara a cara, ojo a ojo, así de cerca respiramos la espiración del otro. Nuestros rostros nos permitían adentrarnos, con delicada desesperación se devoraban uno al otro. Continuamos contemplándonos, explorándonos con ese placer que abreva y se alimenta de mirar. Despertar de las caricias que no necesitan manos. Como sucede con todo objeto del deseo que he aquí y contra toda lógica nos hace sus vasallos. Seguimos mirándonos. Era tanto el deseo que fue como si uno se hubiera convertido en el otro. Como si mis ojos enormes fueran bebiéndose sus ojos, y mi piel fuera su piel, su corazón latiera en mi pecho y mi boca tuviera el sabor de su saliva. Sin duda alguna, el amor es el sentimiento más voraz.

Cuando me alejé por fin, me pidió que tomara un sobre de una mesita lateral y que lo abriera cuando estuviera en mi departamento. Así lo hice, consciente de que una extensión suya, una enramada invisible, crecería en mi nuevo espacio. Se había esforzado para que su letra apareciera uniforme y legible. Pero yo la reconocería aunque fuera un matorral de zarzas. Había elegido los versos de un poeta para despedirme otra vez. Porque se trataba, que duda cabía, de una despedida.

Los misterios de amor se escriben en el alma,
pero el cuerpo es el libro en que se leen.

JOHN DONNE

## XLI

La primera vez que Rodolfo visitó *Corazón de Lobo*, le platiqué que había conocido la Casa de la Cascada. Se sorprendió de que hubiera hecho realidad un deseo que nos pertenecía a los dos.

—¿Y encontraste lo que fuiste a buscar? —me preguntó mientras se aprestaba a degustar unas costillas de cordero a las brasas con corazones de alcachofas y trompetas de la muerte que le sugerí probar. Después de su operación, Mirna había conseguido que se adaptara casi por completo a una dieta vegetariana, pero Rodolfo, un carnívoro de corazón, conseguía darse sus escapadas.

—Fue hermoso habitar ese sueño de plenitud y muerte. Porque de verdad, casi me muero… Pero me pregunto si en el fondo no es siempre así: buscar una casa en medio del bosque como un corazón latiendo deseos desde la sombra.

—Me habría gustado acompañarte, pero también me gusta que hayas hecho tú misma tu camino.

Y era cierto, yo seguía los llamados de mi propio corazón. A los pocos días de haberme instalado en mi departamento, vino a visitarme uno de mis vecinos. Era un hombre encantador que gustaba de andar con jovencitas a las que les doblaba la edad. Como era fotógrafo, sabía el efecto que podía causar con una simple frase: "¿Posas desnuda para mí?" Yo me reí de que me lo preguntara apenas lo invité a pasar a mi espacio y le ofrecí un agua de mango con hierbabuena, como convenía a las reglas de hospitalidad entre vecinos, que él declinó en favor de un whisky en las rocas aunque fueran las once de la mañana.

A la primera sesión fotográfica siguió una relación suculenta porque a él también le gustaba cocinar. Cuando me despertó un día con un café colombiano, un jugo de maracuyá con menta y unos huevos tibios con caviar, debí de abrir desmesuradamente los ojos ante la sorpresa de ver el vasito de cristal con los huevos tibios perlados de bolitas negras como me los preparaba Camila.

—¡Qué ojos más grandes! —comenzó a decirme Mateo—. Pero come... Come los huevos también con la boca. Te van a gustar...

Los engullí con delicia, fascinada de recordar los atisbos gastronómicos de mi madre que tanto habían influido en mi relación con la comida. Como estábamos en la cama todavía revuelta decidí atraer a Mateo hacia mi cuerpo. A un lado había quedado la charola del desayuno en la que también descansaba el frasquito de caviar que Mateo había puesto a propósito para que añadiera más perlas a mi gusto. Lo miré sonreír mientras yo vertía el frasquito sobre mi pubis depilado y lo invitaba a comer el manjar entre mis piernas. Supongo que el contraste entre la carne rosada y el negro marfil del caviar sugería tonalidades lúbricas y recónditas. Así que antes de abalanzarse, tomó la cámara y me hizo varias fotos. El ojo gigantesco de la lente penetró mi intimidad, hurgándome primero. Contemplar a Mateo mirándome así con su ojo ciclópeo me dejó trastornada. Fue entonces que lo percibí desde la zona en penumbras de mi intuición boscosa y casi me voy de espaldas al descubrir cuanto podría amarlo por el simple hecho de que la fotografía también devora con la mirada.

Pero fue también una relación turbulenta. Noches y días de pasión en la cama y en la cocina en los que siempre hubo otra invitada que cada vez cobraba más presencia: la afición de Mateo por la bebida. O más bien, siempre estuvo presente, pero al principio no me daba cuenta entre el torbellino de placeres y complicidades. Poco a poco se acumularon los incidentes: la inauguración de *Corazón de Lobo* que estuvo a punto de fracasar por un incendio que provocó en la cocina y que, para mi fortuna, pudieron controlar los chicos de la plantilla. Lo mismo que un viaje a Río de Janeiro, adonde me acompañó a un festival gastronómico. A la salida del evento sólo un ángel lo detuvo a unos milímetros de ser atropellado. Yo lo amaba y comencé a temer por su vida y por la mía. A él lo galopaba el potro del alcohol y yo iba a sus espaldas, debo confesarlo, cada vez más hechizada por el vértigo y la caída.

Ya de regreso a la ciudad hablamos y le propuse apartarnos. Darnos las gracias y seguir cada quien su camino. Creo que aceptó porque su vanidad le decía que ninguna mujer podía decirle algo así en serio, y entonces yo sólo estaba enojada y después volvería a pedirle que regresáramos. Por supuesto, brindamos. Nos fuimos al mercado de San Juan y compramos butifarras y sepias y cordero y setas y alcachofas y *coquilles St. Jacques*, y luego paramos con mis proveedores de vino de *La Europea*. Íbamos a darnos una comilona de despedida y echamos a la suerte si lo haríamos en su departamento o en el mío —*Corazón de Lobo*, después del conato de incendio, estaba, por supuesto, descartado—. Terminamos cocinando en el mío. Entre el vapor de las ollas, el olor del perejil acitronándose en mantequilla negra, la salsa de pimienta verde y menta para marinar el cordero, los pinchos de carnes frías y los caballitos de Herradura Blanco y las numerosas botellas de *vin du Rhône*, sugeridas por mi asesor en la materia, con un aroma fragante como su nombre: *"Les Violettes sont les fleurs du désir"*, entre toda esa fiesta de sabores, olores y bebidas que debían culminar con el festín en la cama de nuestros propios cuerpos como platillo final de nuestra historia, nos quedamos dormidos.

No he mencionado que en el mercado de San Juan nos habían recomendado una planta para sazonar la pierna de cordero de la que yo había leído pero que no había probado: Artemisia.

—Como tu nombre —me había dicho Mateo con un gesto amoroso que le encantó a la dependienta y la animó a darnos más detalles.

—Bueno, también pueden fumarla seca y tendrán sueños ardientes... ¿Les preparo un manojo fresquito y otro seco?

Así que mientras cocinábamos y bebíamos, decidimos probar. Forjamos varios cigarros y fumamos.

Cuando me desperté, Mateo aún dormía a pierna suelta. Su cámara estaba a un lado porque había decidido tomar las fotos de ese que sería nuestro último encuentro. También las gasas y el agua oxigenada, porque en algún momento cuando picaba chalotes se había cortado el meñique, que no paraba de sangrar. Entonces yo le había tomado el dedo y había succionado su sangre por las propiedades coagulantes de la saliva, en medio de sus carcajadas porque le provocaba cosquillas y porque jugaba con aquello de mi regusto carnívoro a que intentaba succionarle toda su savia vital. Al parecer, el meñique había cedido y descansaba exánime como su dueño. Un resabio a herrumbre salada y carnalidad me brotó en el paladar y entre los dientes. Lo desnudé y al recordar ese vigor con que solía poseerme o prodigarme ternuras y que ahora sólo irradiaba mansedumbre, pensé en cómo su cuerpo, su carne tan amada, podría ser alimento para mi cuerpo. Jugué con la idea de que estaba tan inconsciente que tal vez no se despertara. Por mi imaginación se cruzaban fantasías extrañas... Podría desangrarlo mientras dormía dulcemente alcoholizado. Como un corderito al que se degüella casi por compasión. Y luego colocarlo como en un altar y rodearlo de almejas, ostras y frutos de la pasión. ¿Acaso entre los cristianos no se come el cuerpo y la sangre del Redentor? ¿No es eso lo que engullen en la hostia blanquísima bañada en vino tinto al celebrar ese sacramento que llaman "comunión" para volverse uno con la divinidad? Recuerdo que fui a la cocina por mi cuchillo más filoso y probé a picar el lóbulo de su oreja aterciopelada. Mateo no se inmutó.

Al ver brotar una gotita de sangre percibí el abismo y me detuve. Seguro alucinaba por la artemisia que habíamos fumado o por mi propia espesura reconcentrada en aquellos días, quién sabe. Soñaba despierta. Ante mí se desplegó una escena de cuando era niña y cabalgaba a Júpiter. Yo pensaba que mi pasión por los caballos había cedido cuando comencé a jugar con Rodolfo en la torre. Pero no fue así, o no del todo. En el recuerdo me vi a mí misma saltar las vallas del club hípico en una de las prácticas cotidianas y de pronto, antes de que yo o nadie se diera cuenta, Júpiter adelantó camino por una de las lindes laterales que uno de los mozos había dejado abierta por descuido, y se dirigió en fuga declarada hacia el bosque del Ajusco. Los gritos alrededor excitaron todavía más al careto entrado en años, pero que aún tenía el vigor suficiente para aventurarse en una escapada. Incluso Filiberto, el caballerango con quien solía yo platicar antes de mis clases, montó en otro caballo y trató de darnos alcance. Yo, ceñida al lomo de Júpiter, raptada por su deseo súbito de libertad y poderío, sentí temor y me volví instinto para no caer y mantenerme viva. Al principio, me abracé a su cuello vigoroso, pero conforme atravesábamos la marea de pinos, ocotes, encinos y me castigaban los rasguños de sus ramas, retomé las riendas y fui disfrutando la estampida. Percibía entonces cómo mi sangre se agolpaba en el movimiento, una excitación sublime que nos fundía en un solo corazón para la huida y el goce. El bosque se arremolinaba en torno a nosotros para convertirnos en un pálpito ensordecedor y sin límite. No supe en qué momento fui yo la que comencé a dirigir al caballo para que continuara el vértigo, la fuga, el salto. Llegamos a un precipicio escarpado. Trastornada, espoleé a Júpiter para que se precipitara. Pero él se detuvo horrorizado ante el vacío. Yo sólo percibía el aire afiebrado a mi alrededor y veía los pastizales más allá aposentando una cabaña como una promesa infinita, y le clavé las botas en los ijares. Con todo y el dolor, el careto entrado en años se contuvo. El corazón le daba tumbos en todo el cuerpo. Yo lo sentía palpitar entre mis piernas con la voluptuosidad de otro abismo. Sus pezuñas clavadas en el borde fueron un rotundo "no" a la muerte.

## XLII

En todo corazón habita un bosque. Con sus árboles frondosos, sus musgos iridiscentes, sus cascadas y riachuelos sinuosos, sus criaturas salvajes. También pájaros que cantan a los rayos del sol que se cuelan en la enramada, y una cabaña recóndita entre el sueño y la espesura. Ahí se fraguan los deseos más poderosos, los que nos abisman gota a gota en la vida, los que nos arrojan lo mismo al éxtasis que a la disolución.

Toda yo latía ante al cuerpo inerte de Mateo. Pero me detuve, palpitante, torpe, tartamudos el pulso y el aliento. Boquiabierta, temblorosa, zozobrante frente al asomo de ese precipicio que se arremolinaba en la gotita de sangre de su oreja. Todavía se agitaban en mi memoria la carrera a bosque traviesa en el lomo de Júpiter y ese momento de revelación ante el vacío. Lo que seguía era la caída sin fin, despedirse del roce de la espesura, de recoger avellanas y flores, del juego de atisbar, asomarse y no saber si uno va a ser el cazador o la presa, pero sobre todas las cosas, del placer de compartir con otro el galopar de los instintos y la sangre.

Me di la vuelta y caminé hacia la cocina. Terminé de preparar el cordero, las sepias, las alcachofas, las setas, las *coquilles St. Jacques* yo sola. Cuando Mateo despertó por fin ya había amanecido. Aunque adormilado y tambaleante por la resaca, todavía desnudo, sonrió al verme sudorosa y exultante, feliz y sin culpa, en medio de las fuentes y las cacerolas, las viandas y las botellas de *"Les Violettes sont les fleurs du désir"* que no habíamos terminado de vaciar. Probó a picar de esto y aquello y abrió una botella más. Me ofreció un vaso pero le contesté con un gesto que yo ya había tenido suficiente. Sin decir una sola palabra fue a recoger su cámara fotográfica. Envuelto en una sábana y abrazando la botella recién abierta, lo miré salir de mi departamento y de mi vida.

# XLIII

En lo profundo del bosque
Vi una criatura desnuda, poderosa,
Que, recostada mansamente sobre la
    hierba,
Sostenía entre sus garras un corazón.
Y comía de él con gozo y devoción.
Yo le dije cuando me vio: "¿Sabe
    bueno?"
"Es dulce, dulce", respondió,
"Me gusta
Porque es sabroso,
Pero sobre todo porque es tu corazón."

## XLIV

Preferí volver a mudarme y cambiar de rumbo en la ciudad. Frente al departamento adonde me instalé había un parque frondoso con un arroyuelo y un puente. A mí me gustaba merodear por sus senderos de gravilla y hojas caídas que de pronto se volvían silenciosos, ajenos al correr de ciclistas y paseantes. Un día que reparaban uno de los estanques cubrieron con tapias de madera la zona cercana al puente. Se toparon con un problema de desagüe mayor, así que las tapias se fueron volviendo parte del paisaje durante meses. Tal vez para integrarlas mejor la gente comenzó a cubrirlas con mensajes y *graffitis*. Así le fui siguiendo la pista a "W", que dibujaba lobos y caperucitas o escribía mensajes alusivos. El primero de ellos, aquel "Bésame sin labios" en el interior de un gran ojo vigilante, me sorprendió de veras. De "W" había visto varios diseños de aerosol difuso que de pronto se perfilaban en fauces enormes; o la dulzura de trazos de una niña que acariciaba a una bestia como si fuera un gatito… Pero serían sus frases ambiguas y a la vez certeras, las que me fueron guiando a su encuentro. "Bébeme sin sed" fue la segunda señal en el camino. Entonces me decidí a seguirle el juego. Preparé unos bocadillos con un pan que yo misma había horneado con forma de labios, dispuse una botella de vino y los coloqué en el interior de una canasta. Salí en la madrugada a dejar mi ofrenda y la deposité en una de las bancas de madera más próximas a su último mensaje, a riesgo de que cayera en otras manos. Tras varios días de silencio, apareció un nuevo *graffiti*, un "Desgárrame a caricias" que surgía del interior de una canasta con forma de boca. Esa noche regresé con una nueva cesta, pero en el interior no puse comida. La coloqué a un lado y me dispuse a esperar en la banca. Al poco rato apareció un joven de brazos tatuados y una cabellera de rastas, que también llevaba una cesta de cuyo interior surgían las tapas de varios botes de aerosol. No había duda de que era "W". Me levanté de inmediato y lo saludé con una sonrisa, al tiempo que levantaba la cubierta de mi cesta y lo invitaba a meter mano.

Se firmaba "W", según me enteraría más tarde, porque con esa letra comenzaba su nombre, pero también porque jugaba con la inicial de la palabra inglesa para decir "lobo": *Wolf*. Yo preferí decirle Míster Wolf por más que fuera tan sólo un mozalbete, eso sí con la intrepidez de un predador y la cabellera de rastas que lo volvía más salvaje. Fue la primera vez que me relacionaba con alguien más joven que yo. Pero no era ningún inexperto. A sus veintitantos había acumulado más conocimiento en materia de parafilias que todos mis amantes juntos. Por él conocí, por ejemplo, el arte del *fisting*, esa gloria de tenerlo por fin todo en tu vientre, de "engullirte" a tu amante, o de que él toque en ti una piel más profunda y sublime —pero cuánto desasosiego provoca ese Paraíso interior.

De oficio tatuador, Míster Wolf dibujó para mí una estilizada boca con alas que grabó en la parte baja de mi espalda.

—Listo, Artemisa… Para que también comas con la mejor parte de tu cuerpo —me dijo cuando daba los toques finales.

Aparte de tatuador, Míster Wolf era gran aficionado a los hongos alucinógenos. Bajo su supervisión hice algunas pruebas gastronómicas con nuevos platillos para añadir la dosis justa que potenciara el placer del hambre y el acto de devorar a niveles de comunión cósmica con un grupo selecto de comensales que se animó a participar. Fue una verdadera pena que no regresara de un viaje a Huautla adonde acostumbraba surtirse de los hongos sagrados. No sé… tal vez terminó convertido en lobo y aullándole a la luna. En todo caso, lo recuerdo a diario, al menos hasta que me decida a cambiar los *graffitis* con que le pedí que ambientara la sección de la terraza de *Corazón de Lobo*. En uno que decora la parte central hay una Caperucita en la cama con el lobo. Se trata de una niña como de animé, con ojos enormes, desquiciados, que le ruega a un lobo embobado: "Devórame sin labios".

## XLV

Cuando vivía en San Sebastián, Miquel me contó que alguna vez le había tocado estar en una sesión de la sociedad gastronómica Gazte-lupe. En aquella ocasión cocinaron entre todos los miembros reunidos y los invitados mientras circulaban chatos de chacolí, ese vino ácido y fresco que se acostumbra en las mesas vascas. Prepararon unas gildas de anchoas y guindillas, y pintxos de morcillas y chorizos para acompañar la labor que se llevó varias horas. Pero cuando se sentaron a la mesa a la espera de que se sirvieran el rape, las merluzas y cocochas en sus respectivas salsas, Miquel fue sorprendido por un himno de batalla acompañado de golpes en la tabla que congregaba a todos los comensales.

*Hambre, hambre, tenemos hambre, hambre...*

Podía imaginarme perfectamente la escena pero no me hubiera sido posible presenciarla, puesto que la cofradía sólo admitía hombres. Un grito tribal que se devoraba el gozo antes de la comilona, pero que era también la voz plena del instinto. Como si hubieran gritado: Cuerpo, cuerpo, somos cuerpo, cuerpo...

El poeta Antonio Machado dijo alguna vez que el hambre es el primero de nuestros conocimientos y tenía razón. Por los labios empezamos a saber. La boca siempre conoce. La boca no se equivoca. Brillat-Savarin en sus *Meditaciones de gastronomía trascendental* escribió que el Universo no es nada sin la vida, y cuanto vive se alimenta. A su vez, Grimod de la Reynière sostenía con su característico enfoque sensual sobre el mundo y los alimentos: "Está probado que cada cosa de este bajo mundo quiere ser servida, cogida y comida en su punto. Desde la jovencita, que sólo cuenta con un instante cumbre en su vida para mostrarnos toda la frescura de su belleza y todo el esplendor de su virginidad, hasta la tortilla de patatas que pide ser devorada recién salida de la sartén, desde la perdiz cuyo justo aroma depende a menudo de la mortificación de una hora, hasta el plato de macarrones que debe saltar de la boca del horno a la del goloso en su momento preciso".

Han pasado algunos años desde que inicié la aventura de *Corazón de Lobo*, el restaurante de especialidades carnívoras en la zona de San Ángel que es sobre todo un retorno al arte del buen devorar. En un mundo de pasiones mezquinas, no han sido pocos los que se han sentido cautivados por una cocina que reivindica nuestra dimensión de animales siempre hambrientos más allá de hipocresías de buena voluntad y falsos puritanismos.

A menudo me preguntan el secreto de mi "toque gourmet". Reporteros, columnistas, críticos gastronómicos han sugerido que mi secreto va más allá de los ingredientes usuales en las cocinas de todo el mundo. Y estarían en lo cierto: no siempre uso productos convencionales. Inclusive, podría darles gusto e insinuarles que, puesto que varios de mis amantes han desaparecido en circunstancias extrañas, acostumbro acariciarlos antes de destazarlos, que hay fragmentos de sus cuerpos luminosos en cada ágape y secreta comunión a la que mis comensales están convocados. La verdad es que mentiría: quien de verdad conoce los laberintos del deseo sabe que no siempre es necesario llegar al acto. La cocina, lo ha dicho el gurú Adrià, es gusto pero también mente, imaginación. En último término comemos y saboreamos con el cerebro. Y es que a menudo se nos olvida, el cerebro también es cuerpo. Será por eso que nos es tan cara la fantasía, o su sucedánea: la palabra —que también se paladea en la boca con su dejo de animalidad sublime para quien se abre a percibirla.

## XLVI

Pero los buenos logros de mi cocina se han oscurecido con una sola noticia: después de seis años de su operación a corazón abierto, Rodolfo ha recaído y esta vez las posibilidades de recuperación son casi nulas. Mirna ha decidido escapar lo más posible ante el dolor que se avecina y me ha dejado a cargo mientras organiza un congreso internacional de cactáceas. Inicié este cuaderno boscoso en las tardes en que vengo a cuidarlo al hospital y él permanece sedado para evitar el dolor. Extraña cosa la de padecer el dolor de otro. Lo miro postrado, debilitado, pero aun así descubro la grandeza del animal herido de muerte que se acoge serenamente a su destino. Intento levantarme para encender una luz ahora que la tarde ha caído sobre nosotros. Él me lo impide.

—En la penumbra puedo volver a imaginarte mejor —me dice—. ¿Lo harás tú cuando yo ya no esté, en conmemoración mía?

Tomo sus manos entre las mías y las beso. En la India hay una secta que devora a sus muertos por considerar que no pueden hallar mejor sepultura que en sus propios cuerpos. Se lo digo. Rodolfo sonríe.

—Pues yo te comería toda… —me confía.

—A mí me bastaría con una parte de ti… Mírame, ven, ¿qué mejor cuerpo para tu corazón, que el mío? —le digo acariciándole el pecho, ahí donde la nervadura de su operación es un camino sinuoso que recorro con los labios y la lengua. Rodolfo me deja hacer mientras susurra el final del cuento que ambos conocemos de memoria:

No te apartes del sendero
porque la lengua más dulce
tiene los dientes más filosos…

Mixcoac, Ciudad de México,
17 de abril de 2014 – Hacienda
"Las Amantes", San Miguel Allende,
14 de febrero de 2015

# NOTA

Los versos citados en la página 57 pertenecen al poema "Elegía: Antes de acostarse" de John Donne en la versión de Octavio Paz.

Los de las páginas 135 y 136 forman parte, en primer lugar, del poema "Invocación" del libro *Una rosa* de Adriana Díaz Enciso, y en segundo lugar, del poema "El corazón roto" de John Donne.

En la página 148 retomé un poema de Stephen Crane, titulado "En el desierto", y lo transformé en lo que ahí aparece. Un prurito autoral me obliga a aclarar la fuente, aunque uno siempre es un carnívoro, un lobo disfrazado, a la hora de abrevar de la tradición.

El resto de referencias viene señalado en la propia narración.

## AGRADECIMIENTOS

Esta historia comenzó a gestarse desde la redacción del libro de ensayos *Territorio Lolita* y en especial del capítulo que dediqué a las hermanas menores de Lolita, entre ellas, Caperucita. Fue cardinal la lectura de la novela de Anne Serre, *¡Ponte, mesita!*, con su peculiar forma de retomar un cuento de los Hermanos Grimm y transformarlo en materia literaria contemporánea. Resultó invaluable la información de los chefs Raúl López e Illimani Maciel a la hora de confeccionar la vertiente culinaria de Artemisa. También la orientación que sobre las carnívoras me brindó Isabel Vidal Nalaar y su página de Facebook JardínSalvaje/PlantasCarnívoras. Asimismo, debo agradecer la lectura generosa de Juan Luis Arciniega, Ana García Bergua, José Ángel Leyva, Anamari Gomís, Luzma Becerra, Paola Tinoco y muy especialmente de Rocío Barrionuevo y de mi editor Ramón Córdoba, cuyos comentarios enriquecieron el manuscrito original de *Corazón de lobo*, después *El amor es hambre*. Lourdes Hernández, la afamada "Cocinera Atrevida", leyó la última versión antes de entrar en prensa. Debo confesar que devoré sus comentarios suculentos con verdadera gula.

Hace cerca de treinta años que leí el *Bestiario de amor* de Jean Rostand. Siempre que lo recordaba me venía a la mente la frase que ahora sirve de título a la presente obra. Cuando revisé de nuevo el libro de Rostand para citarlo textualmente, descubrí sorprendida que la frase no aparecía. Donde el reconocido biólogo, hijo del autor de *Cyrano de Bergerac*, había escrito: "Bajo su aspecto más elemental, el amor se relaciona directamente con la ingestión de alimentos. Se trata de una especie de hambre común a todo ser viviente, dirigida hacia un semejante que no es del todo idéntico y que le ofrece la misteriosa sugestión de lo desconocido", yo había asimilado una metáfora nominal: "El amor es hambre". Extrañas maneras que tienen la imaginación y la memoria de alimentarse para prodigarse vorazmente.

～

Consulta el video *El amor es hambre/Corazón de Lobo* en la página web: www.anaclavel.com

*El amor es hambre,* de Ana Clavel
se terminó de imprimir en julio de 2015
en los talleres de Litográfica Ingramex, S.A. de C.V.
Centeno 162-1, Col. Granjas Esmeralda,
C.P. 09810 México, D.F.